LA PETITE CONFORMISTE

Ingrid Seyman est journaliste et réalisatrice. *La Petite Conformiste* est son premier roman.

INGRID SEYMAN

La Petite Conformiste

ROMAN

PHILIPPE REY

ISBN : 978-2-253-10187-1 – 1re publication LGF

1

Je suis née d'une levrette, les genoux de ma mère calés sur un tapis en peau de vache synthétique. Je n'en suis pas certaine, mais j'ai de fortes présomptions. D'abord parce que mes parents étaient aux sports d'hiver lorsqu'ils m'ont conçue. Surtout parce qu'ils n'ont jamais caché leur passion pour cette position. Pour tout dire, j'associe le générique de *L'École des fans* au tempo crescendo de la première levrette qu'il me fut donné de surprendre. Je sais que tout le monde n'a pas eu la chance d'avoir des parents soixante-huitards qui faisaient de la « gymnastique » dans leur chambre tous les dimanches après-midi, tandis que leur gamine, collée devant Jacques Martin, rêvait de raies sur le côté et de socquettes en dentelle. Moi, oui.

Je naquis donc, de droite, dans une famille de gauche. Cette inclination, détectable depuis mon premier cri, poussé le jour de Noël au grand désespoir de mon athée de mère – qui ne m'attendait pas si tôt – et de mon Juif de père – qui dans ce coup du sort détecta les stigmates d'un mauvais œil que nous auraient jeté les voisins de palier –, se confirma dès mon plus jeune âge. Alors que mes parents consacraient les trois premières années de ma vie à tenter de me convertir à leur vision de l'existence, je demeurai une indécrottable réactionnaire. J'étais propre à quinze mois. M'endormais tous les soirs à 8 heures pétantes. Refusais de danser lorsque mes géniteurs me traînaient avec eux en discothèque, préférant m'allonger sur les banquettes des dancings, non prévues à cet effet, tout en les culpabilisant du regard. Je fantasmais sur des robes marine. Me niais à porter des pattes d'éléphant. Pire encore : je ne réussis jamais à briser un seul des vases – pourtant judicieusement posés à portée de mes bras sur la table basse du salon – que ma mère rêvait de me voir lâcher à ses pieds. Car sa meilleure amie était formelle : tous les enfants de soixante-huitards faisaient ça. Ce refus obstiné d'affirmer mon moi ne manqua pas d'inquiéter Elizabeth. Elle voulut m'emmener chez le pédopsychiatre. Mais mon père refusa, au motif qu'il n'y avait pas de pédopsychiatre juif dans le quartier.

À l'inverse d'une partie de notre famille, mon père n'était juif que par intermittence. L'essentiel de sa pratique religieuse consistait à ajouter un suffixe à consonance israélite au patronyme des gens célèbres n'en étant pas encore pourvus. Et il suffisait qu'on entende à la radio les premières notes du tube *Boule de flipper* pour que Patrick en baisse autoritairement le son et me convoque dans le salon :

Esther, écoute-moi bien !
Corinne Charby mon cul.
C'est Corinne Charbit qu'elle s'appelle.
Mais les Juifs ont peur, tu comprends.
Ils continuent à se cacher.

J'appris ainsi que la plupart des gens qui passaient à la télé étaient de la même confession religieuse que mon père mais préféraient taire leurs origines par crainte des représailles. À trois ans, je ne savais pas encore en quoi consistaient ces représailles mais j'avais déjà peur, au cas où.

J'avais peur de ça et de bien d'autres choses encore. De la pénombre qui régnait chez mamie Fortunée, qui vivait les volets fermés et passait le plus clair de son temps à allumer des veilleuses pour conjurer le mauvais sort. J'avais peur du père Noël, sur les genoux duquel j'étais pourtant contrainte de m'asseoir une fois par an, lors de l'après-midi festif organisé par le comité d'entreprise de l'employeur de mon père. J'avais peur de nos voisins de palier et de tous les yeux qu'ils ne manqueraient pas de jeter sur notre famille, qui – j'en étais convaincue – n'en méritait pas moins. Enfin j'avais peur de l'amour. Ou plutôt de la vision de l'amour que m'offraient quotidiennement mes parents. Et je ne parle pas que des levrettes.

2

Outre la gymnastique, mes parents partageaient une passion pour l'exhibitionnisme d'intérieur. Ils vivaient donc nus, regardaient la télé nus, mangeaient des huîtres nus, sans crainte du ridicule ni de la facture de gaz puisque nous avions le chauffage central. À l'unisson aussi, ils votaient à gauche, militaient contre la peine de mort et refusaient de m'acheter le journal *Pif* au motif que les communistes avaient du sang (juif) sur les mains. À part ça, ils n'avaient rien en commun.

Peu sujette à l'anxiété, Babeth était ce qu'on appelle une bonne nature. Elle avait un physique parfaitement assorti à son état d'esprit : un air de fille des bois, des jambes fuselées et des cheveux, blond cendré, qui lui descendaient jusqu'aux fesses. Son visage était doux et ses yeux vert noisette brillaient obstinément. Il faut dire que le réel semblait avoir peu de prise sur Babeth : elle pensait l'homme foncièrement bon et tenait son mari – banquier de profession – pour un poète.

Le poète en question était un être hybride : il était brun, poilu sur le dos – où lui poussaient d'étonnantes boucles noires – et assez court sur pattes. Mais il avait aussi d'épais sourcils blonds, le teint pâle et des yeux bleu piscine, qui le faisaient ressembler – en dix fois plus viril – à l'acteur Alain Delon. Afin de nous le prouver, Patrick procédait toujours de la même façon : il rentrait son ventre, se mettait de profil et dégainait ensuite sa main droite, comme s'il se fût agi d'un revolver, tout en plissant les yeux pour avoir l'air méchant. Les artistes sont de grands anxieux, expliquait-il ensuite. Car Patrick avait deux passions dans la vie : jouer la comédie et rédiger des listes.

Bilan de santé Patrick
Envoi chèque pour la crèche
Découvert bancaire Elizabeth
Photocopie passeport
Brossage des dents Esther

Les listes de Patrick étaient, de son propre aveu, extrêmement efficaces. Il faut dire qu'il y mettait du sien, n'hésitant pas à consacrer plus d'une heure quotidienne à cette activité. Car mon père ne se contentait pas de rédiger ses listes : il les déclamait dans le salon, de haut (bilan de santé Patrick) en bas (brossage des dents Esther), puis de bas en haut (vous avez compris), jusqu'à atteindre une sorte de climax qui lui permette de passer à autre chose. Il arrivait que la déclamation s'accompagne de gestes (une tape sur la table du salon pour chaque Brossage des dents Esther, une pression sur le coussin du canapé pour chaque Découvert bancaire Elizabeth) et que le chant devienne chorégraphie.

C'est au son de cette prière, au contenu changeant mais rarement révolutionnaire, que je me réveillais tous les matins. La craignant trop pour m'en moquer, moi aussi je priais. Du haut de mes trois ans, j'invoquais dans ma tête les seuls dieux que je parvinsse à imaginer : celui des Juifs d'abord, puis celui des banquiers pour que Patrick Dahan, responsable grands comptes à l'agence Banque Populaire du boulevard Michelet, soit enfin convaincu de n'avoir rien oublié.

Lorsqu'il partait, je restais seule avec ma mère. Elle aérait la pièce, laissant par rafales le mistral s'engouffrer dans le salon. Je regardais l'air se renouveler tandis que les chéquiers et les découverts bancaires, aspirés par le balcon, voltigeaient déjà loin dans le ciel de Marseille. Elizabeth et moi trimballions nos corps nus dans les couloirs. Puis ma mère déposait sur la moquette mes habits pour la crèche et sa tenue de travail. C'est dans un silence complice que nous piochions dedans.

3

J'ignore les raisons qui poussèrent Elizabeth à se séparer de mon père alors que j'avais trois ans. Je sais par contre que cette séparation ne dura pas. En lieu et place du divorce de mes parents, j'eus un frère.

Je me souviens parfaitement du jour de sa naissance puisqu'il occasionna un de mes tout premiers scandales. J'étais à la crèche ce lundi-là, en rogne à l'idée que ma mère, partie à l'hôpital juste après m'avoir déposée, ne viendrait certainement pas me chercher. Ma rogne monta d'un cran lorsque j'appris, de la bouche des puéricultrices, qu'une dénommée « Tata » venait de se présenter à l'accueil avec la ferme intention de me récupérer. D'ordinaire très sage, voilà que je m'époumonais :

— Je n'ai pas de Tata !

Convaincue qu'on voulait m'enlever, je parvins à semer le doute dans l'esprit du personnel de la crèche. À l'accueil, on fit donc poireauter Tata tandis que la directrice essayait, sans y parvenir, de joindre mes parents à la maternité. Horriblement vexée, ma tante Josiane finit par suggérer qu'on organise entre elle et moi une confrontation physique, confrontation d'où il ressortit que je la connaissais parfaitement puisque je lui sautai au cou. Il n'en demeurait pas moins que je n'avais pas de Tata, car il était hors de question que je cède sur ce point-là. Ce malentendu levé, j'observais pleine de suffisance, la mine circonspecte de mes puéricultrices. Je mourais d'envie de leur dire que je n'avais pas plus de zézette que de Tata : ma mère (qu'avait lu tout Dolto) et moi (qu'avait lu toute ma mère) ne mangions pas de cet abêtissant pain-là. Josiane ne m'en laissa pas le temps. Furieuse qu'on ait pu douter de son identité comme de ses intentions à mon égard, elle me prit par le bras et m'extirpa de la crèche sans ménagement.

Comme mon père, ma tante Josiane faisait partie du versant juif de notre famille. Mon nouveau frère et moi ne l'étions pas, ce qui ne nous rendait pas semblables pour autant. En premier lieu, Jérémy était roux, même si tout le monde s'obstinait à le prétendre « blond vénitien ». Ma grand-mère paternelle assurait qu'il tenait cette couleur de cheveux d'un certain Igor, un arrière-grand-père russe, qui serait né en Algérie d'une mère turque et d'un père grec. À sa naissance, Fortunée a beaucoup insisté pour que Jérémy s'appelle Igor. Mais ma mère était contre et la famille dut aboutir à un compromis : Jérémy allait être circoncis.

La circoncision de mon frère provoqua chez moi une foule de sentiments contradictoires. Jalouse du traitement de faveur réservé à Jérémy, j'exigeai sur-le-champ que l'on me circoncît. Pendant des jours, je torturai ma mère.

— Pourquoi lui et pas moi ?

— Parce que c'est un garçon.

— Et alors ?

— Les garçons ont un prépuce.

— J'en veux un.

Ce n'est que la veille de la cérémonie qu'Elizabeth trouva enfin les mots pour apaiser ma jalousie. Si elle ne me promit pas de prépuce, je fus soulagée d'apprendre de sa bouche que celui de mon frère lui serait confisqué dès le lendemain. Le soir venu, j'eus pourtant du mal à m'endormir. Quel était le sort le plus enviable ? me demandais-je en observant mon sexe de petite fille à la lueur de la lampe de chevet. N'avoir jamais eu de prépuce ? Ignorer qu'on en avait un ? Avoir conscience de son prépuce et en être par la suite définitivement privé ? C'est mon frère en personne qui trancha sur ce point, en hurlant de douleur, le lendemain après-midi, dès qu'on lui eut ôté le sien.

La circoncision de mon frère ne fut pas un succès. La famille de ma mère déclina l'invitation au prétexte qu'elle était catholique. Nicole, la petite sœur de mon père, son mari Samuel et leurs enfants – tous juifs à cent pour cent – se firent porter pâles. Pour compenser, Patrick invita quelques clients de la banque, et deux couples de moitié/moitié – ravis d'être conviés à une fête juive alors qu'ils n'avaient pas eu le droit de se marier à la synagogue – lui firent l'honneur de leur présence. Mis à part tante Josiane et son Corse de mari, les deux clients de mon père et leurs femmes catholiques, n'assistèrent au banquet qu'un troupeau de vieux et de vieilles qui mangeaient des petits-fours – qu'étaient même pas casher – en parlant la bouche pleine de l'Algérie française. Au centre de la pièce, ma grand-mère rayonnait : « On se croirait revenus à

Souk-Ahras. » Mon grand-père, pendant ce temps, soupirait sur une chaise en attendant que ça passe.

Moi, je m'ennuyais ferme. Je traînai d'abord du côté des anciennes, écoutant mamie Fortunée et ses copines échanger des recettes de boulettes. À intervalles réguliers, chacune d'entre elles me fourrait de force un petit-four dans la bouche, en hurlant : « Mange, ma fille ! » Lorsque Mme Taïeb, qui puait l'anchois à trois mètres, humecta son index pour tenter de m'essuyer le coin des lèvres, je partis me réfugier dans les jupes de ma mère. Il ne me fallut pas longtemps pour la retrouver, qui parlait avec Josiane de la défection de leur meilleure ennemie commune, Nicole, la petite sœur de Josiane et de mon père.

— Tu te rends compte, Josiane : l'an dernier, deux circoncisions et une bar-mitsva en l'espace de six mois !

— Et toi, bonne poire, t'y vas.

— Bien sûr que j'y vais. C'est une question de respect.

— Mais Babeth, tu sais bien comme elle est. Pour elle, t'es qu'une goy.

— Mais enfin là, quand même !

— Qu'est-ce que tu veux que je te dise ? Si encore c'était un baptême, je comprendrais qu'ils ne viennent pas.

— T'as raison. J'aurais peut-être dû le faire baptiser.

— Mais qu'est-ce que tu racontes ? Ne dis pas n'importe quoi, quand même.

Soudain, Jérémy hurla.

Si Patrick n'eut pas l'air inquiet, Elizabeth fonça vers le rabbin, qui prétendit que tout était normal. Mais je suivais ma mère d'assez près pour me rendre compte que Jérémy saignait. La vue du sang me fit tressaillir : à ce moment-là, mon frère devint mon frère. Je regardai le rabbin d'un air mauvais mais réussis à me contenir : ce n'était qu'un exécutant. D'un pas ferme, je repartis vers les petits-fours, fendant la foule des rapatriés jusqu'à ma grand-mère.

— Pourquoi il saigne, Jérémy ?

— Ce n'est pas grave, ma chérie.

— Tu crois qu'il va mourir ?

— C'est une tradition chez les Juifs.

— Mais nous ne sommes pas juifs.

— Eh bien, justement, justement...

— Justement quoi, Mamie ?

— C'est en saignant comme ton frère qu'on le devient.

— Ce n'est pas vrai ! Ce n'est pas vrai !

Je passai le reste de la cérémonie sur une chaise mitoyenne à celle de mon grand-père. À l'unisson, nous soupirâmes longuement, sans jamais échanger un mot. J'avais peur pour Jérémy, non tant pour son prépuce (de toute façon c'était trop tard) que pour les représailles. Mon frère, désormais juif, devrait-il bientôt se cacher ? N'y avait-il pas un risque qu'il devienne comme mon père ? Devrait-il changer de nom – et moi aussi, même si je n'étais pas circoncise – pour éviter les représailles ? Afin d'apaiser mes angoisses, ma mère m'apporta une part de gâteau au chocolat et des nouvelles de Jérémy. J'appris qu'il allait mieux et ne serait jamais complètement juif car c'est par la mère qu'on le devenait.

Trois ans plus tard, à la une du journal local, mon père reconnut le rabbin qui avait charcuté mon frère. L'article du *Provençal*, intitulé « FAUX RABBIN VRAI ESCROC ATTENTION AUX CONTREFAÇONS », nous permit d'établir que le prépuce de Jérémy, comme celui de vingt-trois autres nourrissons des Bouches-du-Rhône, avait subi le scalpel d'un redoutable usurpateur. Ma grand-mère contacta alors un (vrai) rabbin dont le diagnostic fut sans appel.

C'est ainsi que Jérémy, qui de toute façon n'aurait jamais été juif à cent pour cent, ne le fut même pas rien qu'un peu pendant trois ans.

4

Juif ou pas Juif, mon frère n'était de toute façon pas comme les autres. Outre sa couleur de cheveux, il avait la peau translucide, les pieds en dedans, le regard de traviole. C'est bien simple : on disait Jérémy et puis on soupirait, comme mon grand-père toujours soupirait sur sa chaise. Sauf que là, il n'y avait pas que lui. À part ma mère, les membres de notre famille semblaient penser que le prénom de mon petit frère résumait à lui seul toute la fureur et la désolation du monde.

Du coin de l'œil, j'observais ce mystère : un frère pas comme nous, avec son teint blafard, sa maigreur affligeante, ses yeux d'un bleu si bleu que, oui, il faisait peur. Alors que je ressemblais au reste de la famille – j'avais des yeux bleu doux, le visage poupin et les pommettes hautes à cause de nos ancêtres slaves –, mon frère n'était que creux, corps malingre à angles saillants, énigme rectiligne dans une tribu de ronds. Moi qui avais toujours été si sage, j'étais littéralement fascinée par cet individu qui ne respectait rien : ni les heures de sommeil et formules les plus élémentaires de politesse, ni même la barrière à l'entrée du salon que mes parents installèrent – dès qu'il fut en âge de ramper sur la moquette – afin de lui en prohiber l'entrée. Mon frère refusait également de se laver, faire sur le pot ou s'habiller, autant d'activités puériles dans lesquelles j'avais toujours excellé.

Jérémy entrait dans une pièce et les meubles en tremblaient, éructaient leurs bibelots, égratignant nos jambes. Lorsque Jérémy mangeait, les assiettes volaient, le yaourt jaillissait et les petits pois devenus fous se faisaient punaises sur les murs. La nuit venue, j'entendais, sous son corps pourtant frêle, gémir le sommier de son petit lit à barreaux. Et j'en vins à craindre que Jérémy, bouffé de l'intérieur par une flamme maléfique, ne finisse dévoré par sa propre énergie.

Mon père et ma mère, au lieu de se féliciter d'avoir enfin mis au monde un enfant révolutionnaire, furent littéralement dépassés par cette excroissance familiale trotskiste. Comme Elizabeth ne se résignait pas à asservir quiconque (et donc à employer, même occasionnellement, une femme de ménage ou une baby-sitter), mes parents continuèrent un temps à nous trimballer dans leurs fêtes. Lors de notre première virée à quatre en discothèque, Jérémy se perdit dans la foule. On le retrouva dix minutes plus tard, rotant de tout son soûl la somme des fonds de verre glanés par ses petites mains au gré des tables basses.

À une soirée hippie, organisée dans la maison de Gilles – le meilleur ami de ma mère, qui portait comme elle les cheveux jusqu'aux fesses –, Jérémy avala de l'herbe qui traînait sur le gravier. Moi qui avais dormi trois ans durant sur des banquettes de dancing, je tenais enfin ma vengeance. Gilles le chevelu parla à mes parents et Suzanne la lesbienne était d'accord :

— Babeth, c'est peut-être mieux qu'il vienne plus, le petit. Nous, on peut faire ce qu'on veut, mais le gamin quand même...

— Putain, votre fils, il a vomi sur le gravier.

C'est ainsi que mes parents, leur progéniture sous le bras, furent renvoyés à leurs pénates. Ma mère en fut peinée : la fête était finie, et ses amis réacs. Moi, je me réjouissais de retrouver mon lit. Jérémy s'en foutait car la révolution pouvait parfaitement se faire à domicile. Quant à Patrick, il se mit à multiplier les listes.

5

C'est par une liste du matin que j'appris, à cinq ans, que mes parents étaient des traîtres. J'étais en train de tremper mes tartines dans un chocolat chaud lorsqu'un item nouveau dans la liste paternelle attira mon attention. D'abord convaincue d'avoir mal entendu, je patientai un instant jusqu'à ce que Patrick répète :

Chéquier Elizabeth
Brossage des dents Esther
Accord prêt si dossier
École Jeanne-d'Arc enfants
École Jeanne-d'Arc enfants
Accord prêt si dossier

Indignée mais prudente, j'attendis que mon père eût quitté la maison pour demander des comptes à ma mère. Si j'avais déjà entendu parler de l'école Jeanne-d'Arc, repère de catholiques de droite soupçonnés d'avoir collaboré avec l'ennemi lorsque les Juifs avaient vécu des représailles, je doutais fort que Patrick eût l'intention de nous y inscrire. Mais l'idée pouvait encore moins venir de ma mère qui, de toute son enfance, ne m'avait jamais raconté qu'un seul épisode en détail : l'internat catholique de Notre-Dame-du-Mont, où de méchantes sœurs (qui n'étaient pas mes tantes) l'avaient, quinze ans durant, forcée à croire en Dieu à coups de baguette sur les doigts et contrainte à manger (en remerciant Dieu avant) trois plâtrées d'épinards sans crème à la semaine. C'est grâce à ces sœurs-là qu'on ne mangeait pas d'épinards chez nous. Ça s'appelait la résilience.

— Pourquoi papa il dit « école Jeanne-d'Arc enfants » dans la liste ?

— Ma chérie, c'est vrai, je ne t'ai pas dit.

— Tu ne m'as pas dit quoi ?

— Eh bien tu vois, ton frère et toi… Tu sais que Jérémy fait souvent des bêtises.

— Oui mais pourquoi papa il dit « école Jeanne-d'Arc enfants » dans la liste ?

— En fait, à l'école Jeanne-d'Arc… Tu sais que la fille de Suzanne, eh bien elle est à Jeanne-d'Arc, elle dit que c'est super.

— Oui mais pourquoi papa il dit « école Jeanne-d'Arc enfants » dans la liste ?

— Écoute, Esther, c'est compliqué. Mais le mieux, c'est que tu sois dans la même école que ton frère.

— Mais Jérémy il va pas aller au Pharo ?

— Écoute, ma puce, je t'ai dit que la fille de Suzanne…

— Suzanne la lesbienne ?

— Mais enfin, Esther, qu'est-ce qui te prend de parler comme ça ? Suzanne, c'est Suzanne.

— J'veux pas y aller.

— Esther, ma chérie… Tu dis ça parce que tu ne

la connais pas encore cette école. Tu sais ce qu'on va faire ? On va prendre rendez-vous avec la sœur, enfin je veux dire la directrice, et comme ça…

— Si j'y vais, je leur dirai.

— D'abord, on ne parle pas comme ça à sa maman…

— Je leur dirai, pour Suzanne.

— Mais qu'est-ce que tu racontes ?

— Je leur dirai qu'elle est lesbienne. Et je leur dirai qu'on est juifs.

— Esther, tu ne me réponds pas comme ça. Et qu'est-ce que c'est que cette histoire ? Tu sais très bien que tu n'es pas juive et que ton frère non plus, finalement.

— C'est pas grave, je leur dirai quand même. Comme ça, ils me tueront. Et comme ça, j'irai plus à Jeanne-d'Arc.

À cause de ces menaces, ma mère prit cette fois rendez-vous chez le pédopsychiatre. C'était un certain M. Atlan, qui venait de s'installer dans le quartier. Le jour du rendez-vous, Patrick vint me chercher à mon ancienne école. Mais au lieu de m'emmener chez le médecin, il me paya un tour de manège, m'acheta un cône avec deux boules et me fit promettre de ne jamais dire à personne que Jérémy n'était pas un vrai circoncis.

Je promis ce qu'il voulait, mais cela ne servit à rien. En septembre, j'étais bonne pour Jeanne-d'Arc.

6

Il faisait très chaud le jour de ma première rentrée à l'école privée Jeanne-d'Arc. Et je fondais dans mes bottines en poil de chèvre.

Les mères des autres avaient fait un brushing.

On était venus en avance et Jérémy, qui s'ennuyait dans sa salopette rouge, tentait d'arracher le sparadrap d'un blanc douteux – qui ornait depuis peu le verre gauche de ses lunettes de vue – censé guider ses yeux vers ce point d'équilibre que ses pieds jamais ne trouvèrent.

Les fils des autres portaient des bermudas en flanelle.

Autour de nous, tout le monde se connaissait. Des filles en robe marine se racontaient leurs vacances. Et des mères en tailleur s'invitaient à boire le thé au bord de leur piscine sur le coup des 15 heures.

Personne n'avait l'accent marseillais.

Comme nous n'avions pas d'amis, Babeth voulut nous occuper. Elle nous fit fendre la foule jusqu'à la porte d'entrée de l'école. Du sac de sport qui lui servait de sac à main, elle dégaina un appareil photo hors d'âge et insista pour qu'on pose, moi en robe de gitane, le borgne à côté, sur fond de portail vert. La directrice l'ouvrit au moment précis où Babeth appuyait sur le déclencheur, ce qui nous fit aussitôt tomber en arrière. Je fis donc mes débuts dans ma nouvelle école, vautrée sur le gravier et la robe honteusement relevée jusqu'à la culotte, tandis que mon frère se roulait de rage par terre, un filet de morve au nez, en accusant Babeth de l'avoir fait exprès. Je me relevai, rouge de colère. Et profitai de la cohue pour semer ma mère et mon frère. Une fois arrivée dans la cour, je me rangeai fissa dans la file de ma classe. À partir de maintenant, il était hors de question d'attirer l'attention.

J'avais passé l'été à faire d'horribles cauchemars. Dans le plus récurrent d'entre eux, une bande de CP me poursuivaient, armés de bâtons, dans le désert. Ils hurlaient dans une langue que je ne connaissais pas mais leurs intentions étaient claires : mes camarades d'école voulaient me crucifier. Chaque nuit, je réveillais mes parents en pleurant, débarquais dans leur chambre et, entre deux hoquets, les suppliais de ne pas m'envoyer à Jeanne-d'Arc. « Ce ne sont pas des cauchemars mais des terreurs nocturnes ! » expliquait Babeth en me caressant les cheveux, car elle croyait aux vertus réconfortantes du lexique. Patrick, de son côté, insistait pour que je leur raconte le scénario de mes cauchemars dans les moindres détails.

Tu te rends compte, Babeth ?

Est-ce que tu te rends compte ?

À quel point c'est la fille de son père !

Concluait ensuite Patrick, comme s'il se fût agi d'une excellente nouvelle.

Toujours bien rangée dans la file de ma classe,

j'observai le corps du Christ qu'arboraient à leur cou mère Charles, Mme Monasterio – ma maîtresse de CP – ainsi que la quasi-totalité de mes camarades. Si j'avais déjà pénétré dans une église, c'était la première fois que je le voyais de si près. Le surprendre dans de tels états – agonisant au-dessus du tableau ou étouffant entre les seins de ma truculente maîtresse – ne me rassura pas.

Mme Monasterio portait une jupe longue et un châle noir tricoté main. Physiquement, elle était très étrange : elle avait un corps rond et des jambes sans chevilles, mais un cou de girafe et un visage sévère, taillé à la serpe. Elle venait de Toledo, l'écrivit au tableau, avant de préciser qu'elle n'était pas du genre à danser sur des castagnettes. Ensuite, elle fit l'appel et j'écoutai attentivement, guettant sans trop y croire la présence d'un Sémite parmi mes camarades. L'oreille affûtée par cinq ans et demi d'apprentissage, j'aurais reconnu entre mille le moindre nom de famille juif. Je maîtrisais les classiques comme les faux amis, parvenant même à détecter les patronymes lâchement laïcisés par peur des représailles.

À la fin de l'appel, j'étais tétanisée : il n'y avait pas un seul autre élève juif dans ma classe de CP. Je me sentis faite comme un rat. Et, d'angoisse, j'en pissai sur ma chaise d'écolière. Heureusement pour moi, la cloche ne tarda pas à sonner. Ma voisine de pupitre – qui s'appelait Agnès Robert – cessa de me regarder d'un air inquiet. J'attendis que tout le monde eût quitté la classe pour descendre dans la cour et je filai vers les toilettes. J'enlevai ma culotte et m'assis sur les cabinets pour analyser la situation. Les fesses encore humides, je me promis de ne plus jamais rien faire qui risque d'attirer l'attention de mes camarades. En guise de juré/craché, je jetai ma culotte au fond de la cuvette.

Lorsque la cloche sonna, j'avais cessé d'être moi-même.

Je regagnai ma salle de classe, ragaillardie. On me remit un manuel pour apprendre à lire et un cahier d'exercices pour s'entraîner à écrire. À la fin de la matinée, Mme Monasterio distribua à tous les élèves une feuille volante, à faire remplir par les seuls parents ne souhaitant pas que leurs enfants assistent aux cours de catéchisme. Et je compris en un éclair ce que j'avais à faire. À la récréation de midi, je retournai donc aux lavabos. Déchirai la feuille volante. Et lui réservai le même sort qu'à ma culotte.

Le soir venu, ma mère s'inquiéta de me trouver nue sous ma robe. Comme il était hors de question de la mettre dans la confidence, j'imitai sa voix et lui balançai dans les dents :

Les culottes ça ne sert à rien.

On vit nu comme on naît.

Le reste c'est des conventions.

Maintenant que j'étais à Jeanne-d'Arc, j'avais choisi mon camp.

7

En l'espace d'un mois, j'appris un tas de choses dans ma nouvelle école : le nom des chaussettes à losanges que tout le monde portait, celui des douze apôtres et du président Valéry Giscard d'Estaing, favori des parents d'Agnès Robert (qui était devenue ma meilleure amie) aux élections présidentielles qui se tiendraient trois ans plus tard. Au contact d'Agnès, je perdis rapidement la pointe d'accent marseillais contractée dans mon ancienne école, l'envie d'aller me baigner au Prophète – puisque sa mère, qui trouvait la plage mal fréquentée, préférait nous avoir le mercredi à leur piscine – et toute curiosité pour les quartiers de la ville situés au nord de la place Castellane. Je découvris aussi qu'il y avait des Arabes (pas dans l'école, heureusement), de faux clochards dans les rues (pas dans les nôtres, évidemment) et que les fonctionnaires étaient tous des feignants. Par chance, il y en avait peu dans le 8e. C'était le nom de notre quartier et de loin le meilleur arrondissement de Marseille.

Je gardais jalousement toutes ces informations pour moi, ne divulguant à mes parents que le strict nécessaire sur ma vie à l'école. Comme j'étais bonne élève, ils me fichaient la paix. De la même façon, je taisais à mes amis certaines choses de ma vie : les slogans des manifs où ma mère nous emmenait, son travail de secrétaire à la mairie de Marseille, la passion de mon père pour les listes et l'ensemble de nos activités en famille. Agnès ignora donc que mon père avait inventé un chant de ménage. Le chant en question faisait deux phrases à peine mais ce n'était pas grave puisqu'on pouvait les répéter en boucle sur un ton de liste. Patrick y parvenait avec une aisance déconcertante, alors que les paroles de sa chanson étaient très difficiles à prononcer :

Si chaque chose a une place, chaque chose est à sa place
Quand chaque chose a sa place, on sait où sont les choses

C'était le samedi matin qu'il scandait cet air-là, tout en passant l'aspirateur. Ensuite il époussetait les livres de la bibliothèque et les remettait à leur place, conformément aux paroles de sa chanson. Ma mère, qui militait pour l'égalité entre les sexes, s'occupait quant à elle de nourrir le foyer. Pour ce faire, Patrick lui concoctait une liste après le déjeuner, avant de nous envoyer, Babeth, mon frère et moi, au supermarché du quartier. On partait faire les courses et toujours au retour on montrait à mon père ce qu'on avait acheté, ainsi qu'un ticket de caisse (qui était rarement le nôtre et plus généralement celui correspondant à un Caddie moins fourni, courageusement récupéré sur le sol du parking par ma féministe de mère). Quand on dépassait les mille francs – le ticket de caisse faisant foi –, Patrick refaisait une liste qui nous berçait, le soir, jusqu'au sommeil. Dans la chambre avec mon frère, on s'endormait en dénombrant les :

Découvert Elizabeth
Découvert Elizabeth
Découvert Elizabeth

Malgré les découverts, j'adorais accompagner ma mère au supermarché. Sitôt arrimée au Caddie, elle se rendait presque toujours compte qu'elle avait perdu la liste. On ne faisait même pas semblant de chercher, je me contentais de promettre de ne rien dire. Ensuite, on naviguait dans les allées et j'aimais son air indécis face à la multitude des choses. À chaque rayon, je sentais qu'elle réfléchissait. Après, elle m'expliquait : « Tu vois, on achète ça parce que ce n'est pas une marque. » (Les marques étaient réservées aux idiots qui aimaient dépenser leur argent dans les marques.) Mais elle pouvait aussi me dire, en parlant d'un bloc de foie gras ou d'un canapé à six places : « On n'en a pas vraiment besoin mais on va le prendre quand même. Car il est essentiel – vraiment essentiel, tu sais, Esther – de se faire plaisir dans la vie. » Dans les allées, il lui arrivait de raconter de drôles d'histoires, comme celle de Gilles le chevelu qu'avait voulu piquer des chaussures pour sa fille et s'était fait repérer par le vigile au niveau de la caisse, à cause des lacets toujours liés entre eux aux pieds de la petite, assise dans le Caddie. Elle disait ça pour nous faire rire (même si, moi, j'étais contre les tentatives de vol) puis elle reprenait ses cours de marketing. « Plus la boîte est jolie, moins la pizza est bonne. » « Plus le chocolat est haut et moins il sera cher. » Et tant va la cruche à l'eau… qu'à force de papoter on égarait mon frère. Heureusement, ça ne durait jamais longtemps. Et puis c'était si drôle quand on le retrouvait, enfoui sous une pile de boîtes de conserve, calé dans le chariot d'une autre maman ou vautré sur le sol dans l'allée des biscuits, à se sucer les doigts couverts de Délichocs. Juste avant de partir, on passait systématiquement au rayon livres et Babeth affirmait d'un ton philosophique : « Les bouquins, c'est comme le beurre. Même si on n'a pas d'argent, on pourra toujours en acheter. » En sortant de la grande surface, on faisait promettre à mon frère : « Si papa te demande, 854 francs le ticket de caisse. »

Pendant qu'on faisait les courses, mon père faisait Jacques Brel. D'abord, il allumait l'énorme caméra – un des tout premiers modèles domestiques, qui pesait plus de vingt kilos –, juste en face de l'estrade que nous avions dans le salon. Ensuite, il enfilait un pull marin et partait s'enfermer dans la salle de bains, d'où il ressortait grimé en Georges Brassens. Car Patrick faisait toujours Jacques Brel en Georges Brassens. Muni de sa casquette et de sa pipe, il revenait dans le salon en tapant dans ses mains (pour les applaudissements), avant de rejoindre l'estrade qui lui servait de scène et de lieu de captation. Il saluait son public en criant des « Bonsoir, Marseille ! », puis s'asseyait de trois quarts, un peu négligemment, comme le font les poètes. Et il commençait son tour de chant.

Patrick lançait toujours son spectacle par *Le Port d'Amsterdam.* Après ça, il chantait *Les Bourgeois*, et

«J'suis cocu mais content» quand il était heureux et bien que ça ne soit pas de Brel. D'autres jours, il avait le spleen, précisait-il avant de bousculer son répertoire. Alors il chantait «Non, Jef, t'es pas tout seul» et la chanson des vieux qui passaient tout leur temps à regarder leur horloge sonner dans leur salon. Quoi qu'il arrive, il finissait son concert par *Ne me quitte pas*, qui le faisait immanquablement pleurer sur scène. Puis Patrick séchait ses yeux et rassurait la foule imaginaire de clins d'œil complices. Évoquait d'anciennes amours (ma mère n'était pas là) avant de se lever vers la bibliothèque. Profitant du hors-champ, il s'offrait une nouvelle ration d'applaudissements en frappant de toutes ses forces sur notre bibliothèque. Il regagnait ensuite l'estrade, le silence se faisait et il en profitait pour brandir un livre à la couverture rouge et or. Avec son nom et son prénom marqués dessus, en très grosses lettres. Lorsqu'il avait le temps (si les courses étaient longues), il récitait alors des poèmes de son cru. Le premier s'appclait *Ma muse du bar Pierre* parce que c'était là-bas qu'il avait rencontré ma mère. Il y avait également un poème pour moi, mais je le détestais : ça parlait d'une enfant, de larmes sur ses joues, d'un père qui les avale. Y en avait un autre sur l'automne, un peu à la manière de *Colchiques dans les prés*, qui parlait en fait de l'amour, de disputes et de feuilles mortes. Le préféré de mon père était un poème politique, qui avait pour titre *Jean Renaud ou le mensonge.* C'était l'histoire d'un homme qui n'avait pas d'argent mais faisait croire à ses amis qu'il avait une voiture décapotable et une maison (avec piscine) à Saint-Tropez.

Les spectacles de Patrick étaient diffusés les samedis

où le (faux) ticket de caisse le mettait de bonne humeur. Il nous aidait alors à vider les sacs en plastique dans la cuisine, organisait l'agencement des yaourts dans le réfrigérateur en nous disant « plus vite, plus vite » sur un ton de coach sportif tandis que mon frère et moi les rangions conformément à ses consignes. Ensuite on se faisait tous beaux, ma mère mettait une robe et on se calait en famille sur le canapé du salon. Babeth souriait tandis que Patrick apportait un plateau de croque-monsieur qu'on déposait sur la table basse. Lorsque le spectacle commençait, on éteignait toutes les lumières.

C'était le samedi soir et mon père passait à la télé ! Les premières fois, mon frère et moi, on n'en croyait pas nos oreilles : il chantait bien et on adorait sa casquette. Babeth rougissait de fierté. Mais Jérémy n'était pas toujours sage. Il voulait toucher l'écran et Patrick ne voulait pas. C'est vrai qu'on ne voyait rien quand mon frère collait ses doigts sur la télé.

— Jérémy, ça suffit ! disait ma mère.

Comme on n'avait pas tout bien vu, Patrick remettait au début en appuyant sur les touches de la télécommande :

Stop/Retour rapide/Play

Mon père chantait à la télé et en même temps il était là, assis avec nous, sans pipe ni casquette. Jérémy ne comprenait pas mais c'était trop dur à expliquer. En plus, mon frère s'arrangeait toujours pour faire tomber un bout de son croque-monsieur sous la couette. Moi, ça me dégoûtait : je n'aimais pas le gras. Pas question que je me tache. Je voulais qu'on rallume la lumière.

— Esther, tu es grande ! disait ma mère.

Alors mon père remettait au début :
Stop/Retour rapide/Play
Mon frère collait ses doigts tout gras sur mon pantalon.
— Jérémy, tu arrêtes ! disait ma mère.
Et ça obligeait Patrick à remettre au début :
Stop/Retour rapide/Play
Et à remettre encore au début :
Stop/Retour rapide/Play
Stop/Retour rapide/Play
Jusqu'à ce qu'on n'entende plus que ses chansons, ses poèmes, la foule en délire, et les mouches voler, attirées par les croque-monsieur, qui tournaient furieusement autour de la couette.

Au bout d'un long moment, on se taisait pour de bon. Alors Patrick demandait :

— Jérémy, c'était bien ? Hein, ça t'a plu, Esther ? Babeth, alors ? Babeth ?

À la fin de chaque chanson (puis de chaque poème), il nous redemandait :

— Babeth, hein ? Ça t'a plu, Esther ? Hein, t'as aimé, Jérémy ?

Il nous le demandait tant qu'on n'aimait plus du tout. D'autant que Jérémy ne comprenait toujours pas comment son père pouvait à la fois pousser la chansonnette sur l'estrade du salon, et au même moment être dans la télé, et toujours en même temps, assis sur le canapé à nous empêcher d'entendre, à force de nous parler, les poèmes qu'il souhaitait pourtant que l'on écoute et même que l'on commente, alors que nous n'avions pas le droit d'ouvrir la bouche pendant le spectacle.

Furieux de ne pas comprendre, Jérémy recommençait ses bêtises. Il me collait son croque-monsieur sur les cheveux. Je me mettais à hurler, exigeant qu'on le punisse. Patrick brandissait alors la télécommande pour augmenter le volume de la télé.

— Les enfants, au dodo ! disait Elizabeth, en nous tendant la main pour nous extraire du canapé.

Mais mon père nous faisait rasseoir : le spectacle n'était pas terminé.

De rage, ma mère le menaça un soir de tout nous révéler s'il n'éteignait pas cette putain de télé. C'est ainsi que mon frère découvrit que Patrick ne passait pas vraiment à la télévision. J'appris de mon côté que le livre à la couverture rouge et or, avec le nom de mon père marqué dessus, avait été refusé par tous les éditeurs des Bouches-du-Rhône. Je n'étais plus la fille d'un poète mais celle d'un imposteur publié à ses frais.

Ce soir-là, je quittai le salon en haussant les épaules et filai en boudant rejoindre ma chambre. De mon lit, j'entendis la télécommande rebondir sur les murs du salon. Et Babeth hurler qu'on allait divorcer. Mais ça non plus, je ne pouvais pas le raconter à Agnès Robert.

8

Contrairement à mes parents, je passais de plus en plus de temps à l'extérieur de la maison. Car j'étais devenue populaire à l'école privée Jeanne-d'Arc. Ma popularité était essentiellement liée à mes excellentes notes, ma queue-de-cheval à barrettes – laissant à découvert un front intelligent et cet air responsable qu'adoraient les parents d'Agnès Robert – et l'aura de mystère qui entourait ma vie privée. De plus en plus souvent j'étais donc invitée le week-end à dormir, déjeuner ou dîner chez les autres. J'échappais ainsi au spectacle de Patrick et à la dispute d'après, voire au couscous boulettes de mamie Fortunée, qui le servait à mes parents tous les dimanches à 10 h 45.

J'avais mon rond de serviette chez les Robert, les Lafond et les Barthélemy de Saizieu. Chez eux, je menais la vie de château, une existence sans représailles, faite de gâteaux au yaourt confectionnés par des mères au foyer et par ailleurs profs bénévoles de catéchèse, de dîners en famille sans les couilles de mon père avec des miettes de pain dessus (on ne mangeait jamais nu chez les Robert), de parents qui s'aimaient sans briser d'assiettes sur les murs et jamais en levrette sur le clic-clac du salon. Je découvris aussi des choses insoupçonnables : l'existence de plages non nudistes dans la baie de Carry-le-Rouet, l'absence d'intérêt des cathos pour les Juifs (en matière de représailles, les Arabes étaient bons premiers sur leurs listes) et le goût du gigot d'agneau servi avec des haricots verts aux déjeuners du dimanche.

Lorsque je rentrais chez moi, j'étais l'enfant prodigue. Patrick m'accueillait avec une barre chocolatée et une liste de questions à la main. S'il m'épargnait toutes les formalités d'usage (m'étais-je amusée ? qu'avais-je mangé ? avais-je eu peur la nuit ?), sa curiosité pour le reste était sans bornes. Me sachant courtisée, je dégustais longuement les carrés de chocolat. J'exigeais d'avoir tout fini avant de lui répondre. Je jouissais de le voir trépigner d'impatience et me tourner autour comme si j'étais devenue la petite fille la plus intéressante du monde. Puis le dernier carré fondait dans ma bouche et l'interrogatoire commençait. Quoi qu'il puisse me demander, je niais tout en bloc :

Je t'assure qu'ils ne voteront pas Le Pen.

N'ont pas une caméra plus grosse que la tienne.

N'ont rien dit sur les Juifs.

Tandis que je devenais l'idole des beaux quartiers, ma famille se faisait chaque jour moins fréquentable. Nicole, la sœur de mon père aux enfants cent pour cent juifs, refusait tout contact depuis que nous étions à Jeanne-d'Arc. De toute façon, nos familles ne s'étaient jamais entendues parce qu'ils aimaient les marques, les vacances dans les Alpes et les jouets rutilants – ma cousine Jessica avait même une moto électrique – quand nous n'avions que faire des signes ostentatoires de richesse. C'est en tout cas ce qu'affirmait ma mère, qui m'apprit à refuser les tours de moto que Jessica s'obstinait à me proposer dans l'espoir de me corrompre.

Du côté de la famille maternelle, ce n'était guère mieux. Comme Patrick s'était disputé avec ma grand-mère catholique – à cause d'un événement secret qui s'était produit avant ma naissance –, on ne la voyait que deux fois par an. Mamie Suzie habitait à la campagne. Elle avait un chien qui puait et un jardin plein de crottes sur lesquelles mon frère s'obstinait à glisser parce qu'il sortait pieds nus alors que c'était défendu. Elle passait son temps à se vanter d'avoir élevé deux filles qui n'eurent jamais le droit de parler pendant les repas et j'avais un mal fou à croire que Babeth puisse être sortie un jour du ventre de cette femme, qui faisait des mots fléchés et adorait se plaindre de la hausse du gasoil. À vrai dire, je trouvais cette grand-mère luisante et froide, elle me faisait penser à la cellophane qui recouvrait les canapés en skaï blanc de son salon et sur lesquels il était interdit de s'asseoir.

Mais le principal obstacle à la vie sociale de mes parents, c'était mon frère. Alors que j'avais parfaitement réussi mon intégration à Jeanne-d'Arc, Jérémy et son sparadrap blanc étaient les terreurs de l'école. Et j'ai même le souvenir d'anniversaires où il fut expressément demandé à ma mère de ne pas emmener mon petit frère lorsqu'elle viendrait me chercher. Car en quelques mois à peine, Jérémy avait réussi à mordre jusqu'au sang le mollet du frère de Xavier Perron, à fracasser le crâne des jumeaux en les poussant simultanément du haut du toboggan et à casser par inadvertance la jambe de la petite sœur de Céline Lafond.

Lui-même passait le plus clair de son temps dans des cabinets médicaux : astigmate et hypermétrope, il était également dyslexique et doté de « testicules ascenseur ». Le pédiatre suggéra à ma mère que le caractère mouvant des boules de mon frère pouvait expliquer – en partie – ses sautes d'humeur. Il n'y avait donc plus qu'à attendre la puberté ou bien l'opération pour que tout rentre dans l'ordre. Mon frère fréquentait également le service des urgences de l'hôpital Nord. Pas un mois (avant l'opération des testicules finalement réalisée lorsqu'il avait neuf ans parce que ça ne pouvait plus durer) sans qu'il se casse une jambe, se coince les doigts dans la porte du coffre de la voiture ou fasse pisser, sur la moquette du salon, le sang d'une de ses arcades sourcilières. Tout cela avait le don de contrarier Patrick, qui devenait chaque jour plus maniaque.

Car mon père ne se contentait plus de faire des listes ou scrupuleusement le ménage : il avait développé une telle passion pour l'ordre domestique qu'il était désormais capable, en plein milieu d'un repas, d'exiger de nos hôtes qu'ils se lèvent de leur chaise pour traquer, avec lui, les miettes sur la moquette. Il fit le coup plusieurs fois aux amis de Babeth. Mais pas à ses clients de l'agence, avec qui il ne parlait jamais de listes, de ménage ou de camps de concentration.

Un soir, Patrick inaugura un nouveau jeu, dont le but était de démontrer sa parfaite maîtrise de notre aménagement intérieur. Et il y joua avec ma mère, Gilles le chevelu et Suzanne la lesbienne, qui étaient passés prendre l'apéritif à la maison. Babeth venait à peine de leur ouvrir la porte quand Patrick demanda à Gilles et à Suzanne de s'asseoir autour de la table basse et d'observer minutieusement les objets qui y étaient disposés. Une fois qu'ils furent installés, mon père leur tourna le dos. Et il se mit à réciter, sans regarder la table car il avait une excellente mémoire :

— Un vase au centre. Deux briquets sur le bord droit de la table, du côté du canapé. Trois revues en vrac près du vase. Un taille-crayon sur la revue en haut de la pile. Un cendrier à côté des briquets. Et un pot pour les cacahuètes à gauche du cendrier.

Il y eut un petit moment de silence autour de la table. Mais Patrick le dissipa car le jeu n'était pas fini.

— Maintenant, il faut que vous déplaciez les objets ! exigea-t-il des invités, à qui il continuait de tourner le dos (ainsi qu'à la table basse).

Après avoir attendu deux minutes que tout le monde s'exécute, il assena d'un ton professoral :

— Babeth a déplacé un des deux briquets. Même de dos, je le sens ! Suzanne a touché la revue avec ses doigts tout gras. Parce que avant, elle a mis le pot de cacahuètes à la place du vase. Gilles ne reviendra plus car il a fait tomber le taille-crayon qui s'est ouvert sur la moquette.

Comme c'était la fin du jeu, Patrick se retourna vers les amis de Babeth. Et il se mit à rire, pour prouver à tout le monde que ce n'était pas si grave. Autour de la table, personne d'autre ne rit. Et Gilles et Suzanne regardèrent Babeth comme si elle avait été en mesure d'expliquer ce qu'il y avait de drôle dans cette histoire.

S'ils restèrent les meilleurs amis de ma mère, Gilles et Suzanne ne vinrent plus que très rarement dîner à la maison après cette soirée-là.

Et c'est ainsi qu'autour de Babeth le vide se fit.

9

La vie sociale de mes parents, jadis si trépidante, se résuma bientôt aux visites dominicales chez ma grand-mère. Mon grand-père y vivait également, mais il était si discret que tout le monde faisait comme si ce n'était pas chez lui. Car, hormis quand il soupirait, Isaac était l'être sur terre qui produisait le moins de bruit.

Ma grand-mère aussi était exceptionnelle, puisque c'était la plus minuscule des grands-mères : elle mesurait 1,46 mètre et de surcroît était bossue. En dépit de son prénom et de cette difformité, elle n'avait aucune prédisposition à la fortune. Certes elle avait été riche avant. D'ailleurs, la plupart des casinos de la Côte d'Azur n'hésitaient pas à offrir des nuits d'hôtel à mes grands-parents lorsqu'ils venaient, de l'Algérie française, passer l'été avec bonnes et enfants dans les salles de jeux de la Riviera métropolitaine. Je ne comprenais pas pourquoi les directeurs de palace offraient des suites aux gens qui pouvaient se les payer, mais ma grand-mère soutenait mordicus que c'était vrai. « Demande à ton grand-père si tu ne me crois pas », me disait-elle en prenant des airs de femme du monde. Malgré sa bosse, elle avait effectivement quelque chose d'aristocratique : de fines lèvres roses, un teint très pâle – mais d'un pâle plus chic que celui de mon frère – et de beaux yeux émeraude. Avec le temps je finis par me persuader qu'elle et Isaac, locataires d'un trois pièces exempt de dépendances dans le quartier populaire de la Plaine, étaient d'authentiques anciens riches.

Le poumon de leur appartement était le vase de Souk-Ahras. À vrai dire ce n'était même pas un vase mais un récipient informe en terre cuite, orné de croûtes marron en relief, que Patrick appelait des motifs orientaux. Comme mes grands-parents, mon père et ses deux sœurs, le vase de Souk-Ahras était un rapatrié d'Algérie. Et il trônait depuis 1962 sur le meuble de télévision de mes grands-parents.

À chaque visite dominicale, Patrick attrapait le vase et venait se planter juste devant l'écran. Tandis qu'on hurlait parce qu'il s'arrangeait systématiquement pour nous parler du vase à l'heure de *Goldorak*, Patrick nous demandait :

— Est-ce que vous vous rappelez pourquoi ce vase n'est pas un vase comme les autres ?

Je compris assez vite qu'il ne servait à rien de répondre à cette question. Car même en cas de réponse correcte, mon père continuait ses explications.

— Si ce vase n'est pas un vase comme les autres… c'est parce qu'il a traversé…

— L'enfer.

— Esther, s'il te plaît, laisse un peu répondre ton frère.

Patrick se tournait alors vers Jérémy pour lui donner une deuxième chance.

— Mais ce vase a aussi traversé…

— Jérémy, aussi traversé…

Et c'était toujours moi qui finissais par dire : la mer Méditerranée.

— Mais si ce vase est différent des autres vases… c'est surtout parce que… Parce que ? Jérémy ? Esther ?

— Il contient la terre de Souk-Ahras qui provient de ton jardin dans lequel tu creusas la veille de ton départ à mains nues avec Papy jusqu'à avoir rempli le vase qui allait lui aussi faire un très grand voyage, récitais-je, toujours d'une traite, pour voir la fin de *Goldorak*.

Contrairement à la judéité, le statut de pied-noir n'était pas transmissible. Mon frère et moi ne risquions pas de l'attraper, même en marchant pieds nus sur les trottoirs du Prado, lorsqu'on rentrait l'été de la plage de la Pointe-Rouge. Il n'en demeure pas moins que j'étais incollable en Algérie française car cette région du monde – et plus précisément le village de Souk-Ahras – constituait le principal sujet de conversation de mes grands-parents. Pas une semaine sans qu'Isaac annonce à Fortunée qu'ils allaient enfin toucher l'indemnisation prévue pour les rapatriés (c'était comme l'argent du Loto : un truc qu'on ne gagnait jamais) et sans que ma grand-mère évoque, un mouchoir à la main en prévision de ses futures larmes, les plus fastes années de *La Perle de Souk-Ahras*.

— Babeth ? Vous voulez voir ? proposait-elle après le café, en sachant que ma mère – qui la connaissait déjà par cœur – ne refuserait jamais d'admirer une fois de plus leur collection.

— Les enfants, vous venez ? Alors, vous vous lavez les mains ! exigeait Fortunée, tout en se dirigeant vers l'armoire de sa chambre à coucher.

Une fois qu'on était tous réunis dans la chambre, les mains dûment lavées, inspectées par ses soins et relavées si besoin, ma grand-mère extrayait, avec une infinie délicatesse, de vieux mouchoirs en soie et des chemises démodées.

— Maintenant y en a plus, de la qualité comme ça, ma fille, soupirait mon grand-père.

— Tu sais qu'on venait d'Oran pour acheter les chemises de ton grand-père, pleurait ma grand-mère.

J'avais devant les yeux les dernières productions de *La Perle de Souk-Ahras*, le magasin de confection qui avait fait la fortune de mes grands-parents avant que le général de Gaulle ne vienne leur ruiner l'existence.

C'est à cause de ce salaud qu'Isaac et Fortunée avaient dû fermer boutique. À cause de ce nazi qu'ils avaient dû quitter leur pays et été contraints de s'installer en France. Et à cause de ce traître que mon père avait eu des problèmes à son adolescence. Mais tout était rentré dans l'ordre depuis que Patrick avait rencontré Babeth.

Sur ces mots, ma grand-mère retournait à la cuisine. Elle servait le café – au lait pour mon grand-père –, Jérémy partait regarder la télé avec Patrick et moi je m'asseyais sur les genoux de ma mère.

— C'était quoi les problèmes de mon père ? demandais-je à Fortunée, dimanche après dimanche.

Alors Fortunée buvait la première gorgée de son café, se raclait la gorge et commençait :

— Tu sais que ta grand-mère maternelle… La fausse. Enfin, la Française…

— Fortunée, vous n'allez pas recommencer ?

— Elle parle de mamie Suzie ?

— Suzie, c'est ça, merci, Esther ! Eh bien, Suzie, elle avait, comme qui dirait, abandonné ta mère.

— Fortunée, vous allez lui faire peur. Je t'ai déjà raconté, ma puce. Et à vous aussi d'ailleurs. C'est moi qui avais fugué. J'étais tombée très amoureuse d'un photographe. Et comme il devait monter à Paris…

— J'entends rien ! se plaignait Fortunée.

— Je disais que je l'avais suivi à Paris.

— Mais qui ?

— Le photographe, Mamie.

— Quel photographe ?

— Vous savez bien, Fortunée. Avant de rencontrer Patrick, j'ai fréquenté un photographe. C'est avec lui, je vous l'avais dit, que je suis partie faire Mai 1968.

— Paf ! Dans la gueule, 68 !

— Pourquoi elle dit « Paf ! Dans la gueule », Mamie ?

— Ça veut dire que c'est bien fait pour lui.

— Le photographe ?

— Qu'est-ce qu'elle a la petite avec ce photographe ?

— Mais non, Esther. Ta grand-mère parle du général de Gaulle.

— Tu peux être fière de ta mère et de ses amis hippies. C'est eux qui nous ont libérés du nazi.

Moi, j'en savais assez sur les nazis. Alors je redemandais à ma grand-mère :

— Mais Mamie, pourquoi tu dis que mon père, il avait des problèmes avant de rencontrer ma mère ?

— Écoute, Esther, je vais tout t'expliquer. Quand ta mère a rencontré Patrick, elle habitait toute seule parce que sa mère à elle, la fameuse Suzie, n'avait pas voulu de sa propre fille chez elle quand elle était rentrée de sa fugue à Paris…

— Fortunée ? Vous allez vraiment recommencer ? Je t'ai déjà expliqué, Esther : c'est moi qui voulais vivre seule.

— Babeth, ne mentez pas, vous aviez dix-sept ans !

— Et pourquoi on ne la voit jamais, mamie Suzie ?

— C'est moi ta vraie grand-mère !

— Mais qu'est-ce que tu racontes ? On la voit à Noël. Et pour les vacances de Pâques. Mais comme elle s'est disputée avec ton père avant ta naissance, elle préfère ne pas le voir et c'est pour ça qu'on va la voir nous, mais sans ton père qui…

— Ça, c'est les Français, ma fille : une pierre à la place du cœur.

— Mais nous, on est français ?

— Leur chien, non ! Pas question ! Mais leur famille, ça, ils peuvent l'abandonner !

— Fortunée, vous lui faites peur. Personne ne va t'abandonner, Esther.

— Heureusement que ta mère, elle a rencontré ton père. Comme ça moi j'ai pu l'adopter, la malheureuse. Demande à ton père si ce n'est pas vrai. À Patrick je lui ai dit tout de suite. Tu te rappelles, Isaac ? Je lui ai dit : tu la sors immédiatement de cet orphelinat, la petite.

— C'était une résidence étudiante pour jeunes filles.

— Il y avait des rats !

C'était toujours au moment des rats que Babeth lâchait l'affaire. Et au fil des dimanches, je finis par comprendre que les rats – réels ou pas – qui peuplaient le foyer de jeunes filles, situé à quelques mètres du bar Pierre, où Babeth avait rencontré Patrick au début des années 1970, avaient sur ma grand-mère un effet diabolique.

— Sur la tête de ton grand-père, Esther : des rats ! répétait Fortunée, pour que les choses soient claires.

Babeth obtempérait et Isaac cessait de soupirer pendant tout ce qui restait à dire à ma grand-mère.

— Pauvre petite ! Comme si c'était hier, je me rappelle. Alors on l'a prise à la maison, la malheureuse. Parce que nous, on n'est pas comme les Français, Esther. On a un cœur. Et même si ta mère elle était révolutionnaire... enfin, pas comme nous. Y avait qu'à voir ses pantalons : ça traînait sur le sol, comme des serpillières. J'avais même plus besoin de passer le balai. Tu te rappelles, Isaac ? Et tu sais qu'elle ne voulait pas que je lui fasse des ourlets, ta mère ? Pourquoi elle ne voulait pas ? Tu veux savoir, Esther ? Parce qu'elle n'avait pas l'habitude qu'on prenne soin d'elle, la malheureuse. Parce que ce n'était pas sa mère à elle... ni les drogués, là, de la maison de redressement avec qui elle partageait sa chambre. C'est pour ça que je l'ai installée ici. Pas une nuit de plus dans ce trou à rats, moi j'ai dit à Patrick ! Parce que, comme une fille... comme MA fille, je l'ai traitée. Parce que moi, je l'ai tout de suite aimée, ta mère. Et tu sais pourquoi, Esther ?

Je le savais déjà mais je la laissais finir. Car j'adorais entendre son souffle s'apaiser, sa respiration revenir à la normale et Babeth lui proposer, avec une infinie tendresse parce qu'elle n'était pas rancunière, un peu de café pour se remettre.

Fortunée, reconnaissante, souriait à Babeth. Puis elle se tournait vers moi et concluait :

— Parce que ta mère, c'est une sainte, ma chérie. Il n'y a qu'à la regarder : on dirait la Vierge Marie.

10

La Vierge Marie était douce et énergique à la fois. Du genre à nous passer le peigne à poux sans frémir, les bras autour du cou quand c'était l'heure du câlin, et la main dans le dos de mon frère – qui adorait se faire masser car ça lui faisait des chatouilles dans le zizi – chaque fois qu'il le réclamait avant d'aller au lit. Mais Babeth était également capable de nous battre au cent mètres, de rire à gorge déployée lorsque nous jouions à La Bonne Paye et de gérer de ses bras de poulpe la bouffe, les jeux, les devoirs et même Patrick lorsqu'il rentrait de la banque, pestant contre nous tous au motif que ça – la bouffe, les devoirs, les jeux et nos disputes d'enfants, car Jérémy trichait toujours à La Bonne Paye – n'était pas sur sa liste.

En fait, Babeth n'avait qu'un seul défaut : mon père. À cause de lui, elle était capable de dire (et de penser) à peu près tout et son contraire.

Je te promets qu'on va divorcer
De toute façon j'ai déchiré sa liste
Ce n'est pas la faute de Jérémy
Jérémy n'a aucun problème

Ton père non plus d'ailleurs
Évidemment qu'il m'aime
Et moi aussi je l'aime.

Ces tergiversations avaient le don de m'agacer. Mon naturel réactionnaire, enclin à la continuité dans l'ordre et à la permanence dans les idées (tout comme dans les principes, horaires de sortie d'école, menaces de divorce et de virées bisannuelles au parc d'attractions OK Corral, situé à cinquante kilomètres de Marseille), s'accommodait fort mal des montagnes russes émotionnelles auxquelles Babeth me soumettait par ricochet. Pour me soigner de ce mal, je devins péremptoire : plus ma mère changeait d'avis et plus je m'accrochais à ce que je savais vrai.

En CM1, je me mis ainsi à vouer une passion maladive à l'orthographe et la grammaire, maîtrisant comme personne règles et exceptions. J'aimais les -eau, les -ai au lieu des -é. J'avais de l'affection pour les participes passés irréguliers. Je jouissais en apprenant des listes de « sauf » (hibou, caillou…) et d'obscures terminaisons de subjonctif imparfait. Au Noël de mes huit ans, j'exigeai un tableau de maîtresse et Jérémy me fut livré en guise de cobaye. Chaque soir, après l'école, je fermais la porte de la chambre derrière nous et menaçais son œil sans sparadrap de ma baguette : tu l'as pourtant bien vu ce mot, Jérémy ! Alors tu l'écris ! Et tu le réécriras jusqu'à ce que tu n'aies même plus à penser pour le faire. Mon frère me regardait sans comprendre et cinq fois, dix fois, vingt fois, renouvelait l'erreur. Il écrivait bocou et je le corrigeais. Il écrivait baukoup et s'étonnait de ma colère. Quand je lisais beauquou, je lui tapais sur les doigts. Mais au bout de deux semaines, je finis par comprendre que Jérémy demeurerait insensible au bonheur que j'avais tenté de lui transmettre. La certitude que les mots, contrairement à notre mère, ne changeraient jamais n'était pour lui d'aucun secours.

Outre l'orthographe, je vouais également un culte aux fleurs mortes – que je faisais sécher entre deux livres après les avoir cueillies sur des aires d'autoroute et collais ensuite sur des feuilles Canson, en indiquant au verso leur nom savant en latin et en grec ainsi qu'un résumé de leurs propriétés recopié dans le dictionnaire – et aux enfants victimes. Cette dernière passion me fut transmise à mon insu car mon père, ayant repéré mon goût pour la lecture, abreuva ma bibliothèque de romans «pour enfants, dès huit ans», aux titres différents mais aux intrigues toujours similaires. Il y était généralement question de deux gamins qui commençaient leur scolarité en étant les meilleurs amis du monde (en 1933) avant de se battre jusqu'au sang dans la cour de récré (aux alentours de 1936), tout ça parce que le père du blond (d'un naturel mesquin) n'avait pas les mêmes opinions politiques que le père du brun (propriétaire d'un commerce florissant, dans lequel le père du blond travaillait pourtant depuis des années en échange d'un salaire plus que correct). Puis l'un des deux enfants (et c'était toujours le blond aux yeux bleus, doté du père mesquin et d'un patronyme à consonance germanique) finissait par dénoncer l'autre (le brun aux yeux noirs, dont la mère n'arrêtait pas de pleurer en buvant des tisanes tandis que le mari, pour faire bonne figure, soupirait en disant que tout finirait par s'arranger). Quelques chapitres plus tard, le père du blond devenait propriétaire du commerce ayant jadis appartenu au père de son ami, tandis que celui-ci périssait avec toute sa famille (petite sœur de cinq ans et grands-parents compris) dans un camp de concentration, ce qui tendait à prouver que la mère du garçon brun avait effectivement eu raison de s'en faire cent cinquante pages plus tôt.

Ces romans m'impressionnèrent à un tel point que j'entrepris, dans la cour de l'école, de me rapprocher non pas des Juifs – puisqu'il n'y en avait pas à Jeanne-d'Arc –, mais de tout ce qui pouvait, de près ou de loin, s'apparenter à une victime. C'est ainsi que je fis la connaissance de Didier Zerouky qui, non content d'avoir débarqué à Jeanne-d'Arc en cours d'année, avait des verrues sur les mains et une vraie tête d'Arabe. Comme Agnès ne l'aimait pas, je nouai avec Didier un lien des plus discrets, ne lui adressant la parole que lorsque ma meilleure amie ne traînait pas dans les parages. J'avais tellement besoin d'Agnès pour survivre dans mon école privée que j'étais prête à tout pour préserver notre amitié. Mais au lieu de me contenter – comme je l'avais fait jusqu'à présent – de lui cacher certains aspects de ma vie familiale, je me mis à lui mentir chaque jour un peu plus effrontément.

Tout commença le jour où elle m'expliqua que sa grand-mère avait une villa à Cassis, une piscine avec plongeoir et une voiture décapotable dans laquelle elle l'emmenait faire des tours le week-end, comme dans les films en noir et blanc que Babeth regardait le mardi soir. Lasse de l'entendre se vanter, je décidai de riposter.

Et pour l'impressionner, je me mis à parler de ce que je connaissais le mieux :

— Ça te dit quelque chose, la Riviera ? lui demandai-je, en essayant d'avoir l'air le plus blasé possible.

Et comme elle n'était jamais allée plus loin que Saint-Cyr-Les Lecques, je me fis un plaisir de tout lui expliquer : le faste des palaces et le système du room service, les bonnes qu'on emmenait d'Algérie et qui disposaient de leur propre chambre parce qu'on savait traiter le petit personnel. J'expliquai aussi le principe des nuits d'hôtel gratuites, ajoutant d'un air docte que c'est comme ça que ça se passait chez les vrais riches : plus on l'est, moins on paie. Et tandis que d'autres camarades de classe s'agglutinaient autour de nous, j'évoquai le bruit de la roulette, l'ambiance des casinos de Monte-Carlo et le chèque qu'on avait remis un soir à mon grand-père, avec tant de zéros qu'on aurait pu en enlever dix qu'il serait encore milliardaire.

Je n'avais aucun mal à inventer tout ça : mes grands-parents avaient bien une roulette chez eux. On y jouait parfois, les jours de vacances scolaires, en misant des pois chiches pas cuits sur le tapis vert avec les chiffres. Mon grand-père disait « Rien ne va plus » et, au lieu de l'expulser comme le malheur du monde, retenait pour une fois tout son souffle : ses joues se teintaient de rose et ses yeux s'arrondissaient à force de converger goulûment vers la boule qui lui faisait de l'œil depuis la roulette. Ma grand-mère s'habillait pour l'occasion, elle parait ses lèvres d'un rose discret et sortait son fume-cigarette. Et le temps s'arrêtait jusqu'à ce que mes parents sonnent à l'interphone. « Ils arrivent », criait Fortunée avant de bloquer la roulette d'une main autoritaire et de rafler, sous ses yeux encore maraboutés, la mise de mon grand-père parce qu'elle en avait besoin pour le couscous. Lui rangeait la roulette dans l'armoire de leur chambre et venait rejoindre sa femme dans la cuisine. Mes parents entraient et on faisait comme si. Isaac soupirait sur sa chaise. Je tournais d'un air complice autour de ma grand-mère, affairée au bouillon où cuisaient les pois chiches. Je découvrirai quelques années plus tard que mes grands-parents avaient perdu au casino municipal de Cassis le peu d'argent qui leur restait lorsqu'ils s'étaient installés en France. Mais, même si je l'avais su à l'époque, je me serais bien gardée de l'avouer à Agnès Robert.

Depuis que j'étais à Jeanne-d'Arc, je mentais aussi à mes parents. Ils ignoraient donc que cela faisait presque quatre ans que j'étais l'élève la plus appliquée de la classe de catéchèse dispensée chaque mardi à 16 heures par le père Privat. Ne connaissant du judaïsme que les effets secondaires, j'avais découvert avec un vrai bonheur le Dieu de mes camarades. Je l'aimais pour sa générosité et son côté pas revanchard. Mais j'appréciais surtout qu'il n'attire aucune sorte d'ennuis à ses fidèles.

Je tremblais que Patrick l'apprenne, mais je projetais de me faire baptiser. J'en avais déjà parlé avec le père Privat, qui disait que ce serait une formalité. J'étais convaincue que mon prochain baptême marquerait de son sceau une nouvelle ère : une période exempte de camps de concentration comme de guerre d'Algérie. Grâce à moi, les bruns allaient enfin pouvoir souffler un coup et mon frère aussi, même s'il était roux.

En attendant d'être en mesure de produire ce miracle, j'inventais de plus belle. Et la peur d'être démasquée m'empêchait régulièrement de dormir. Voilà pourquoi je craignis tout de suite le pire lorsque je surpris, un après-midi d'automne, à travers la grille de l'école, ma mère en pleine conversation avec Mme Robert. Il était 16 h 30 et Babeth, qui ne venait jamais me chercher à cette heure-là, m'avait fait une surprise. Comme je n'avais aucune raison valable de fondre en larmes, je ne le fis pas en apprenant la nouvelle : Agnès allait passer la nuit à la maison.

11

Évidemment que j'avais peur. Peur que Patrick ne soit pris d'une crise de ménage le soir où Agnès Robert venait dormir chez nous pour la première fois. Peur qu'il veuille lui apprendre son hymne de maniaque. Insiste pour lui projeter la cassette de son dernier spectacle. Ou se mette, devant elle, à défier Babeth au lancer d'assiettes sur les murs. Je tremblais rien qu'à l'idée qu'il soit bientôt 19 heures, l'heure à laquelle le bruit de la clé de mon père dans la serrure précédait cette odeur de sueur qui l'habillait constamment. Car Patrick sentait fort. Il empestait l'angoisse autant qu'il la diffusait.

Mais avant l'odeur, gérer le reste. Il n'était pas du tout 19 heures et, tandis qu'Agnès pénétrait pour la première fois dans notre appartement, l'exiguïté du trois pièces familial me sauta au visage : nous n'avions pas de maison avec jardin, pas de salle à manger puisqu'on bouffait tous nus dans la cuisine et encore moins de pièce en trop, comme celle que les parents d'Agnès appelaient le « hall d'entrée » et dont la parfaite inutilité me semblait être le comble de la distinction. À vrai dire, mes parents ne possédaient même plus de chambre depuis qu'ils m'avaient laissé la leur pour mon entrée au CE2. Et j'imaginai déjà Agnès, égarée en pleine nuit sur la route des toilettes, surprenant Patrick et Babeth braillant à perdre haleine sur le canapé du salon. Pour chasser de mon esprit ces visions angoissantes, j'intervins dès notre arrivée à la maison en tendant à ma mère la djellaba qu'elle avait l'habitude de porter lorsque nous recevions des invités non nudistes. Babeth s'exécuta de bonne grâce, poussant la classe jusqu'à se dévêtir à l'abri des regards, la porte de la salle de bains exceptionnellement fermée derrière elle. Lorsqu'elle revint, accoutrée en musulmane, Agnès s'extasia :

— Elle est trop belle, la robe de ta mère !

— Esther aussi en a une, confia Babeth à Agnès, tandis que je ne parvenais pas à savoir si ma copine s'était réellement entichée de la djellaba de Babeth ou si elle était juste extrêmement polie.

Je dus me rendre à l'évidence – Agnès ne mentait pas – lorsqu'elle me supplia de lui prêter la mienne. Et c'est ainsi que nous finîmes, Agnès, ma mère et moi (qui avais mis la djellaba de mon frère bien qu'elle m'arrivât au-dessus du genou), toutes trois déguisées dans le salon. Pour parfaire l'ambiance orientale, Babeth proposa qu'on danse sur l'air de *Chérie je t'aime, chérie je t'adore*. Elle mit le 45-tours sur le tourne-disque et nous enseigna les rudiments de la chorégraphie :

— Il suffit de bouger votre bassin et de tendre vos deux bras du même côté, à droite puis à gauche, en gardant vos mains tendues à l'horizontale.

La simple vision d'Agnès, buvant ma mère du regard pendant qu'elle tâchait d'imiter le mouvement de ses bras et la ferveur tout égyptienne de son déhanché, me submergea d'émotion. J'eus soudain la certitude absolue que le Dieu de mes camarades de classe existait réellement. Car je L'avais supplié, pendant tout le trajet entre l'école et la maison, de me venir en aide. Mais sans y croire vraiment. Et voilà que devant mes yeux, le miracle avait lieu. Patrick pouvait rentrer. Le Dieu des catholiques m'avait prise sous son aile, me dis-je, en m'imaginant tirée d'affaire.

Quand nous finîmes par nous lasser de tendre les bras sur les côtés en déhanchant nos fesses de gamines, ma mère nous proposa de faire une partie de Bonne Paye. Agnès mordit immédiatement à l'hameçon :

— Génial, on joue à ça ! Mais c'est quoi La Bonne Paye, au fait ?

— La Bonne Paye, c'est comme le Monopoly : un jeu de société avec des billets de banque, c'est le plus riche qui…

— Mais non, Esther, ça ne ressemble pas du tout au Monopoly, répliqua Babeth avant de livrer sa propre conception de ce jeu de société. La Bonne Paye, c'est un jeu où chacun des joueurs est un salarié…

— C'est quoi, un salarié ? interrompit Agnès.

— Un salarié, c'est une personne qui se fait exploiter tous les mois par un patron.

— Ah…

— Le salarié travaille énormément et reçoit en échange un salaire de merde, enfin je veux dire un tout petit salaire, comparé à celui du patron – qui soit dit en passant ne fait généralement pas grand-chose, comme moi à mon bureau, enfin pas moi, mon patron, mais tu sais bien, Esther, ne me regarde pas comme ça, que M. Franceschi n'arrive jamais avant 11 heures, alors que moi…

— Tu vas voir, c'est super-rigolo, Agnès. Il y a des cases courrier, où on reçoit des lettres…

— Et des factures !

— Oui, toutes sortes de lettres. Parfois tu reçois une carte, qui te dit que tu as gagné un concours de beauté et tu empoches deux cents francs d'un coup…

— Ça a l'air génial !

— Enfin, le plus souvent, ce sont les impôts qui t'écrivent.

— C'est quoi, les impôts ?

— Les impôts, c'est un truc que tout le monde doit payer, pour que vous puissiez aller à l'école ou à l'hôpital si vous tombez gravement malades. En théorie, les riches doivent payer plus que les pauvres mais ils s'arrangent toujours pour ne pas payer ce qu'ils doivent…

— Vous voulez dire que si notre père est un patron et qu'en plus il est très très riche et qu'un jour on est très malades…, s'inquiéta Agnès.

— Mais non, ne t'en fais pas. Les médecins de l'hôpital sont des fonctionnaires, comme moi. Ils doivent aider les autres, même si les autres n'ont pas été honnêtes avec eux. De toute façon, les pauvres ne sont pas rancuniers. Ils ne laisseraient jamais quelqu'un dans le besoin, surtout s'il est malade, même si ce quelqu'un était la personne la plus riche du monde. Et puis les pauvres…

— Bon, on joue ? parvins-je à suggérer.

— Ah oui, Babeth, on joue ! S'il te plaît, Babeth, ça a vraiment l'air super comme jeu !

Alors on joua, la fille de patron, ma mère et moi.

Pendant dix tours et dix mois de labeur virtuels,

on paya des impôts, des factures d'électricité, des amendes pour contraventions impayées et des frais de fournitures scolaires. On reçut aussi quelques bonnes nouvelles : Agnès tira trois fois la carte « décès de la grand-mère » (qui rapportait trois cents francs d'héritage) et moi à deux reprises celle où il était inscrit « erreur de la banque en votre faveur », ce qui me réjouit d'autant plus que mon père nous obligeait généralement à la retirer du jeu les rares fois où il faisait des parties de Bonne Paye avec nous, au motif que de telles erreurs ne sauraient faire partie de la réalité bancaire. À la sueur des dés, on empocha aussi dix fois notre salaire – multiplié par deux quand on faisait un double six – sans que nul patron vienne nous narguer avec son bulletin de paye puisque à ce jeu-là on gagnait tous la même somme à chaque fin de mois, pour le plus grand bonheur de mon égalitaire de mère. À la fin de la partie, Agnès s'avéra néanmoins être la plus riche de toutes car elle avait réussi l'exploit d'enterrer la moitié de sa famille entre les mois de janvier et d'octobre (et que la carte « frais de succession » n'existait pas dans La Bonne Paye). Elle décréta pourtant :

— Personne n'a gagné, personne n'a perdu.

Et joignant le geste à la parole divisa en trois parts égales le tas de billets de banque en trop qui aurait dû lui revenir à elle seule. Ma mère accepta sa part et félicita Agnès pour son grand cœur.

— C'est bon, ça va, ça me dérange pas de perdre, intervins-je de mon côté en repoussant son aumône.

Au soulagement de voir que Babeth et Agnès semblaient s'entendre à merveille commençait à se mêler une pointe de jalousie. « Hé, toi, là-haut, n'en fais pas trop quand même ! » menaçai-je mentalement en me disant que le père Privat ne m'avait pas menti : le Dieu des cathos n'était vraiment pas comme celui des Juifs. Limite « trop bon, trop con » pour se faire respecter. Un peu comme les pauvres, en somme.

Ma mère nous laissa seules un instant car elle devait aller chercher mon frère chez l'orthophoniste, qui avait son cabinet dans le même immeuble que nous. J'entraînai Agnès dans ma chambre et lui montrai le classeur dans lequel j'archivais mes fleurs mortes collées sur du papier Canson, avec leurs noms en latin et grec recopiés au verso. Mais cela ne lui fit pas le moindre effet. Je lui expliquai ensuite les différentes façons que j'avais de classer mes livres des Bibliothèques Rose et Verte sur mon étagère :

— Tu vois, je peux le faire dans l'ordre alphabétique, mais aussi par couleur ou bien par personnage principal, par exemple tous les *Fantômette* ou *Tom Sawyer* ensemble, mais enfin les *Fantômette* j'ai arrêté, c'est pour les petits et des fois je les classe aussi dans l'ordre de mes préférés...

Je finis par lâcher l'affaire. Je lui aurais parlé de la fascination que produisait chez moi l'accord du participe passé avec le COD lorsque ce dernier était placé avant le verbe que cela lui aurait fait le même effet. Je me résolus donc à la laisser aborder le seul sujet qui l'intéressait et pour lequel j'avais aussi peu d'engouement que de respect : l'Amour.

— Nicolas Lafond m'a regardée pendant tout le cours de sport ! m'annonça-t-elle tandis que je brûlais de lui expliquer : « Tu vois, ça, c'est un participe passé qui s'accorde... » Tu crois qu'il est amoureux de moi ? En tout cas, Xavier Perron, c'est sûr !

— Ah bon ?

— Il a dit à Vanina qu'il me trouvait super belle.

Ne sachant absolument pas ce qu'il fallait ajouter, je restai silencieuse. Et c'est avec soulagement que je vis Jérémy débarquer dans ma chambre. Le corps d'Agnès manifesta ce mouvement de recul qu'avaient tous les élèves de Jeanne-d'Arc lorsqu'ils se retrouvaient à trop grande proximité de mon frère. J'allais lui dire : « N'aie pas peur, il n'est pas méchant. » Mais Jérémy ne m'en laissa pas le temps.

— Qu'est-ce que t'es belle ! dit-il à Agnès.

Et il resta planté dans ma chambre à la regarder. Contre toute attente, Agnès apprécia :

— Il est vraiment trop chou, ton frère.

— À table ! cria ma mère, et Agnès ne s'étonna pas qu'on ne passe pas au bain avant, comme on le faisait systématiquement lorsque je dormais chez elle.

Je me sentis soulagée de ne pas avoir à lui expliquer que les Dahan ne se lavaient que le dimanche, après Jacques Martin et la session de gymnastique de mes parents, qui se nettoyaient le sexe dans le bidet avant de nous faire couler un bain dans lequel mon frère pissait pour que je lui laisse toute la place. Dans la cuisine, ma mère faisait rissoler des rectangles de poisson pané. L'air puait la friture. Si fort que je ne sentis pas arriver Patrick, qui glissa une tête dans la pièce et, nous voyant toutes les trois vêtues de djellabas, Jérémy encore encastré dans sa salopette préférée, nous rejoignit en costume à la table familiale. Ensuite, on fit comme si. Même mon frère fit comme si. Et c'était si étrange de voir les Dahan mentir à l'unisson, mentir par omission mais mentir quand même, parce que personne à cette table ne jugea utile d'informer Agnès que nous n'avions jamais dîné ainsi auparavant, tous les quatre habillés de la tête aux pieds. Sauf pour Noël, bien sûr.

Jérémy poussa le vice jusqu'à manger correctement. Il ne mélangea pas de yaourt à ses carottes râpées, ne s'incrusta pas de boulettes de mie de pain dans les narines. Et mon père portait beau dans son costume de banquier. Il demanda d'abord à Agnès si elle s'était bien amusée chez nous. Et passa aux choses sérieuses dès que ma mère eut quitté la table pour aller chercher les poissons panés.

— Est-ce qu'Esther t'a expliqué que nous sommes juifs ?

— ...

— J'ai cru comprendre que tes parents votaient Le Pen.

— ...

— Il ne faudra pas leur dire, pour la djellaba.

— ...

— Si vous êtes sages, je vous ferai Jacques Brel.

— ...

Agnès me regardait sans comprendre. Je détournai la tête et menaçai mon frère d'un simple froncement des sourcils : c'était le moment de faire quelque chose. Recracher ses petits pois, avouer qu'il avait eu un zéro en dictée ou répéter à Agnès – restée mutique face aux agressions de Patrick – à quel point elle était belle. Mais les petits frères ne sont pas fiables. Les pères non plus, sauf le mien : quelle meilleure preuve de son intégrité que ce manque de tact auquel il m'avait toujours habituée ? En mastiquant mes carottes râpées, je me maudissais intérieurement. Fallait-il que je sois naïve ! Assez stupide pour avoir cru un seul instant que la supercherie familiale pourrait durer toute la soirée.

— Chaud devant, dit ma mère au moment où tout espoir m'avait abandonnée.

Puis elle posa la poêle sur le dessous-de-plat et commença à nous servir.

— Qu'est-ce que c'est ? demanda Agnès en désignant les rectangles de colin qui baignaient dans leur huile de friture.

— T'as jamais mangé de poisson ? s'étonna Jérémy, sans soupçonner qu'Agnès n'ait pu connaître de cet aliment que sa version préindustrielle.

— J'en mange tous les vendredis soir, répondit Agnès. Je n'aime pas trop, à cause des arêtes.

Babeth s'engouffra dans la brèche :

— Esther se plaint tout le temps parce que je ne cuisine jamais et que je préfère de loin jouer à La Bonne Paye avec elle. La maman d'Agnès passe certainement des heures aux fourneaux et Agnès n'est pas contente non plus.

Agnès hésitait encore

— Mange, ma fille, lui dit Patrick.

Et comme elle n'obtempérait pas, on eut droit à sa blague préférée.

— Ce poisson n'est pas cher, il est casher.

— Ça veut dire sans arêtes, trancha Babeth, parce que ça commençait à bien faire.

— Moi, j'aimerais trop jouer à La Bonne Paye avec ma mère, répondit Agnès avant de s'attaquer au parallélépipède pané qui refroidissait dans son assiette.

Elle avala le poisson en trois bouchées.

— Tu as de la chance, Esther, c'est délicieux, dit-elle avant de se retourner vers Babeth. Vous pourriez donner la recette à ma mère, la prochaine fois que vous la voyez ?

Ensuite on passa au salon et ma mère parvint à dissuader mon père de nous lire des poèmes. Ou de nous faire Jacques Brel, même déguisé en Georges Brassens. Elle décréta ne pas savoir où se trouvait l'exemplaire du roman-photo dans lequel Patrick avait décroché un rôle quinze ans auparavant, nous épargnant ainsi la série des « Vous avez vu, on dirait Alain Delon ! » que la consultation familiale de ce magazine ne manquait jamais de provoquer. Agnès fut un peu déçue parce qu'elle trouvait Alain Delon très beau et que Patrick avait déjà commencé à lui expliquer à quel point il (Alain Delon) lui ressemblait.

Attentive à l'heure du coucher, Babeth surveillait sa montre et mon père du coin de l'œil. Il avait de plus en plus de mal à tenir en place. Il quitta bientôt le canapé pour entreprendre de faire méthodiquement le tour de la table basse. Tous les trois pas, il tendait la main vers la table, la tapotant du bout des doigts, avant de continuer sa ronde. Et je sentais poindre la liste.

Brossage des dents enfants
Reparler problème Le Pen
Donner recette poisson
Résoudre problème Jérémy

L'entendais-je désormais psalmodier.

Par chance, ma mère était en pleine conversation avec Agnès :

— Je suis sûre que Nicolas te trouve très jolie. Il n'ose peut-être pas te le dire. Tu as vraiment des cheveux magnifiques !

Joignant le geste à la parole, Babeth se mit à tripoter les cheveux de mon amie. Aveuglée par la jalousie, je mis un moment à me rendre compte que ma mère parlait de plus en plus fort. Et lorsqu'elle ne sut plus comment couvrir le bruit de fond, produit par le rituel de Patrick, elle s'écria soudain :

— Tu pourrais leur faire le loup ! Hein, Patrick, le loup ?

— Ah oui, le loup ! dit mon père, en s'extrayant enfin de sa liste.

J'étais tirée d'affaire.

Au pas de course, on rejoignit les chambres. On courut dans le couloir, les corps pleins de l'excitation à venir. Je pinçai mon frère à la ceinture, il m'attrapa par les cheveux en guise de représailles et Agnès, bien que n'ayant jamais vu le loup, partagea avec nous cette furie anticipatrice en se mêlant le plus naturellement du monde à nos chamailleries. Elle coinça Jérémy à l'entrée de sa chambre, le plaqua contre la porte et lui administra des chatouilles sous les bras. Mon frère riait à perdre haleine, il en pleurait tant il riait mais il parvint, pour une fois, à ne pas se faire pipi dessus.

— Dépêche, Agnès, il va venir ! dis-je à mon amie en l'attrapant par la manche. Il faut se déshabiller tout de suite.

À peine entrées dans ma chambre, on enleva nos djellabas avant de les balancer sur la moquette. Je savais que mon père ne dirait rien puisque le loup n'allumait jamais la lumière. Ensuite, on se mit en pyjama et on se glissa sous la couette. Il faisait noir dans la pièce et encore plus noir sous la couette, d'où nos têtes ne dépassaient pas.

— Il arrive ! criai-je à Agnès alors que, du salon, nous parvenait le son du premier hurlement.

J'entendis OUUUUUH ! et juste après :

— T'as vu, Babeth ? Brel, Delon, le loup, y a pas à dire je peux tout faire !

Agnès, comme Babeth, en semblait convaincue. Au seul mouvement de ses jambes, qui gigotaient entre les draps, je la sentis chauffée à bloc, son corps pareil au mien, empli d'un mélange enfantin de peur et de désir.

Les OUUUUUH ! se rapprochèrent, chaque fois plus longs et menaçants. Malgré l'obscurité, je parvenais à distinguer dans les yeux d'Agnès toute la fascination produite par ce cri de guerre et les bruits de pas de mon père qui se dirigeait vers la chambre. Lorsque Patrick ouvrit la porte, dans un OUUUUUH ! terrifiant, Agnès me prit la main.

— Je vais vous manger, les enfants ! répétait-il d'une voix de psychopathe, tandis qu'à pas de loup il s'approchait du lit.

J'avais peur, moi aussi, mais je me mis à rire. À faire semblant de rire de toutes mes forces pour rassurer Agnès. Le loup n'apprécia pas :

— On ne se moque pas de moi. On ne se moque pas de moi, j'ai dit, répéta-t-il dix fois, alors qu'il n'était plus qu'à quinze centimètres du lit.

Et j'eus envie que ça s'arrête. Parce que, depuis toute petite, j'allais systématiquement me coucher au moment précis où l'assassin du film, tapi derrière la porte de la chambre de sa future victime, extrayait de la poche les gants qui lui permettraient bientôt de ne pas laisser de traces sur le cou de la susdite. Au parc d'attractions, je faisais pareil. D'ailleurs, Babeth m'engueulait toujours sur les montagnes russes: « Mais enfin, Esther, c'est toi qui as voulu monter ! » me rappelait-elle à l'approche de la grande descente, celle suivie d'un virage dans lequel notre voiturette pencherait bientôt jusqu'à sortir des rails, grande descente dont la seule vision, me faisant anticiper plus de peur que de délices, suffisait à me faire exiger: « Je veux descendre. Maman ! Je veux descendre tout de suite ! »

Mais il était à peu près aussi impossible d'arrêter Patrick en plein loup qu'une voiturette de montagne russe lancée à quatre-vingts kilomètres à l'heure sur des rails. C'était trop tard pour stopper la machine: il fallait que le loup clôture sa scène. Alors Patrick hurla une dernière fois, d'une voix terrifiante:

— On ne se moque pas de moi !

Puis il s'approcha encore du lit et immobilisa nos deux corps d'une seule main, si large et si poilue qu'on aurait dit Jacques Brel et le loup réunis.

— J'ai peur, arrête ! criai-je au moment où je vis sa gueule à cinq centimètres de nos visages.

Mais le spectacle n'était pas terminé. Patrick se rapprocha encore. Il n'était plus qu'à deux centimètres de mes yeux quand il émit son dernier OUUUUUUH !, dans un râle atroce. Moi, j'étais terrifiée. Agnès, morte de rire. Il avait réussi.

— Ils sont géniaux tes parents. Et ton père: qu'est-ce

qu'il est drôle ! articula Agnès, juste avant de s'endormir.

J'aurais dû être heureuse, tout au moins soulagée du tour inespéré qu'avait pris cette soirée. Mais je n'y arrivais pas. Moi qui avais eu si peur d'être démasquée par ma meilleure amie, je me mis à lui en vouloir de ne pas l'avoir fait. Comment avait-elle pu trouver mes parents si géniaux ? S'adapter si facilement à notre façon de vivre ? Et me faire l'affront de trouver Patrick drôle ? En plus, sa mère votait Le Pen. J'en étais convaincue, même si j'avais toujours soutenu le contraire. Alors, la djellaba, La Bonne Paye, le loup – comment avait-elle supporté cela sans frémir ? J'eus soudain très envie de réveiller Agnès. Et de lui faire comprendre tout ce qui nous séparait. Se rendait-elle compte que ses parents étaient riches ? Et que le sort de notre amitié, qui avait miraculeusement survécu à cette soirée, n'aurait rien à envier à celui des héros de romans « pour enfants, dès huit ans », le jour où une guerre viendrait à éclater ? Parce que les méchants de La Bonne Paye, c'étaient eux. Eux, qui ne payaient pas d'impôts. Eux, qui ne mangeraient jamais le moindre poisson pané. Eux encore (ou au moins les parents de ses parents, me dis-je après avoir réfléchi cinq minutes), qui n'avaient rien fait quand les Juifs avaient vécu des représailles.

J'aurais pu réveiller Agnès et tout lui expliquer. Lui dire pour les listes et la lutte des classes, les camps de concentration, les disputes réussies et les circoncisions ratées. J'aurais dû, dès ce soir-là. Mais je ne l'ai pas fait.

12

Bizarrement, Babeth et Patrick ne se chamaillaient jamais pour des broutilles, comme semblaient le faire les autres parents. Il n'y avait pas de débats d'idées entre eux, pas de remarques acerbes ni de divergences verbalisées. Aucun « Ce gigot d'agneau manque de sel », ni « Je pense que tu es trop dur avec Jérémy », ou « Comment peux-tu nier le caractère dissuasif de la peine de mort ? » comme je l'avais entendu une fois chez les Robert. Il eût pourtant été abusif d'imaginer que c'est par souci de discrétion qu'ils taisaient devant nous leurs points de désaccord.

La vérité, c'est que mes parents détestaient les préliminaires. L'échauffement des sens, comme celui des ego avant une dispute, ne faisait pas partie de leur mode opératoire. Les engueulades entre eux surgissaient donc comme par magie, à la manière d'un film d'action qu'on aurait pris en cours de route. On pouvait être tous les quatre en train de manger tranquillement dans la cuisine quand la carafe d'eau se mettait à voler sans sommation. Se retrouver à l'improviste pris au milieu d'une tempête de sable quand ils se battaient sur la plage, se le balançant par poignées et visant toujours les yeux pour s'assurer que cela pique.

Mon frère et moi réagissions de façon distincte à ces différends conjugaux. À la première assiette fracassée sur le mur, Jérémy devenait un autre, mais un autre qui lui ressemblait, dans une version plus terrifiante. Il se transformait d'abord physiquement, un peu à la manière de Hulk, en suivant toujours les mêmes étapes : il commençait systématiquement par se mordre la main droite avant d'entamer une espèce de ronde autour du ring choisi par mes parents pour s'affronter. Et tandis que Patrick et Babeth se battaient à la table de la cuisine, autour d'un château de sable ou à même le sol à coups de plateau de Monopoly, mon frère faisait le tour de la table (du château ou de la moquette) en bondissant. Ses yeux, déjà très clairs, se transformaient au fil des coups qui pleuvaient et des sauts qui agitaient son maigre corps en deux billes translucides qui auraient fait pâlir d'envie le plus maléfique des monstres à trois têtes. Il se mettait ensuite à gémir d'une voix bien trop puissante pour son âge. Et puis le gémissement devenait grognement, cri sorti des entrailles de la terre, dont je ne parvenais pas à décrypter le sens. Jérémy menaçait-il mes parents ? Les exhortait-il au contraire à continuer de se battre ? Je n'aurais pas su le dire, et j'imagine que Babeth et Patrick non plus. Car ce cri ne produisit jamais le moindre effet sur eux.

Par peur des balles perdues, je n'assistais jamais aux conflits parentaux. L'immense respect que j'ai toujours eu à l'égard de mon intégrité physique me protégeait du risque, maintes fois encouru par mon kamikaze de frère, de recevoir en pleine face une assiette assassine.

Mais je n'étais pas que lâche: les empoignades, tirages de cheveux et autres attaques à main armée, fût-ce de plateau de Monopoly, me provoquaient d'authentiques haut-le-cœur. C'était physiologique. L'esthétique des corps déchaînés me donnait envie de vomir. Afin de m'en prémunir, je rejoignais ma chambre pour y ranger mes livres quand Babeth et Patrick s'entretuaient dans le salon. N'hésitais pas à fuir jusqu'au marchand de glaces lorsque le désaccord conjugal nous surprenait à la plage. Je ne revenais que lorsque le dernier hurlement de Jérémy retentissait. Juste après, mon petit frère se mettait à pleurer. Et je savais, à ses reniflements, que mes parents avaient enfin cessé de se battre.

On les retrouvait généralement enlacés moins d'une heure plus tard. Et niant – l'air pareillement béat – l'évidence:

Il ne fallait pas s'inquiéter.

Il ne s'était rien passé de grave.

Bien sûr qu'ils s'aimaient!

Jusqu'à ce jour de février 1981 où, pour la première fois de sa vie, ma mère interrompit un de leurs combats sans préavis. Ce jour-là, ils se disputaient – comme souvent – à cause de Jérémy, que ma mère venait de déposer chez l'orthophoniste. Et j'étais partie me réfugier dans ma chambre, pour ne plus entendre leurs cris. J'étais en train de réorganiser ma bibliothèque par thématiques, quand Babeth débarqua. Elle ouvrit la porte si brusquement qu'elle fit tomber la pile de livres en attente de classement que j'avais disposés juste à côté. Il s'agissait de romans qui parlaient de plusieurs sujets en même temps – d'amour ET de guerre, d'enfance ET de camps de concentration – et c'était justement le problème. Car je me refusais à domicilier les romans d'amour et de guerre à l'étage des seuls romans d'amour. Mais je n'arrivais pas davantage à les imaginer côtoyant jusqu'à la fin de leurs jours – ou jusqu'à mon prochain réagencement – les seuls romans de guerre. Pour résoudre ce dilemme, j'avais songé un instant à inaugurer une nouvelle section dans la bibliothèque, exclusivement dédiée aux œuvres hybrides. Mais cette solution de facilité me paraissait relever de la trahison.

— Tu as tout fait tomber, maman ! dis-je à Babeth quand elle débarqua dans ma chambre.

Mais Babeth m'ignora complètement. Au lieu de me répondre, elle rebroussa chemin en marchant sur ce qui restait de la pile de livres, pour refermer à clé la porte de ma chambre.

— Je ne sais pas comment les classer, en plus. Tu m'aideras à tout remettre ?

Babeth ne me répondit pas plus. Elle paraissait attendre quelque chose. Je compris ce que c'était en entendant soudain tambouriner sur la porte de ma chambre. Ça tambourina très longtemps. Alors je continuai à parler, dans l'espoir de couvrir le bruit des tambourinements.

— Tu comprends : *Mon bel oranger*, par exemple. Ça parle d'enfance ET de mort. Alors, je dois le ranger où, tu crois ?

Mais Babeth demeurait absorbée par la contemplation du loquet de la porte. Cela tambourinait toujours. Et de plus en plus fort. Je haussai encore le ton :

— Moi, je pense qu'on ne peut pas mélanger, tu comprends. Par exemple, l'amour…

À ces mots, Babeth s'assit par terre, au milieu des

livres éparpillés sur le sol de ma chambre. Je la vis enfouir son visage dans ses bras. Et je l'entendis pleurer, pour la première fois de ma vie. Dans ma tête, tout se mit à bourdonner. Les idées se bousculaient : il n'était plus question de ranger *Mon bel oranger* avec les romans d'enfance. J'allais le mettre dans la guerre. Acheter une nouvelle bibliothèque. De toute façon ce livre était trop triste. Ranger mes livres par couleur, c'était plus simple. Le problème, c'est que les couleurs sur les tranches des livres étaient souvent les mêmes. L'ordre alphabétique, ça m'ennuyait. Et pourquoi pas par nombre de lettres dans le titre ? ou dans le prénom de l'auteur ? Je pensais de plus en plus vite et, soudain, je n'étais plus debout à côté de ma bibliothèque, mais calée entre le dos de Babeth et la porte. Sur laquelle s'obstinait à tambouriner Patrick. Alors d'une voix qui n'était pas la mienne, j'ordonnai :

— Maintenant c'est fini ! T'as compris ? C'est fini !

Et le silence se fit.

Ensuite, Babeth resta un long moment avec moi dans ma chambre. Comme il n'y avait plus de bruit dans la maison, elle me demanda de lui réexpliquer le problème. Puis elle observa longuement la bibliothèque, déplaça quelques livres, avec ma permission, et me proposa d'inaugurer une nouvelle section.

— On va faire ça dans les règles de l'art, m'expliqua-t-elle. Comme à la télé, pour les cérémonies officielles.

Comme je n'avais pas de ruban, on chercha ce qui pourrait faire l'affaire et Babeth finit par dénicher, au fond d'une de mes caisses de jouets, une vieille guirlande de Noël avec laquelle elle m'aida à entourer le dernier étage de la bibliothèque. Puis à choisir mes habits pour la cérémonie d'inauguration. Quand je fus prête, on avança solennellement vers la bibliothèque. Sur la paume des mains de Babeth reposait ma trousse d'écolière, qu'elle me tendit afin que j'en sorte les ciseaux pour découper la guirlande. Quand celle-ci tomba sur la moquette, Babeth déclara officiellement ouvert mon nouveau rayon : EN SUSPENS.

J'aimais beaucoup ce mot car il me faisait penser aux films de gangsters que Babeth et moi ne regardions que toutes les deux puisque Patrick s'endormait systématiquement pendant le générique et Jérémy quelques minutes plus tard, à cause des sous-titres. Dès que mon père ronflait, je filais dans ma chambre récupérer ma couette pour qu'on n'attrape pas froid au pied du canapé. Une fois installées, je blottissais ma tête au creux de son épaule. Et j'attendais fébrilement que le film nous fasse peur car je savais d'avance ce qui allait se passer ; d'avance qu'on bondirait toutes les deux en même temps pendant les échanges de coups de feu ; et d'avance aussi que nos jambes s'immobiliseraient à l'unisson pendant la tirade finale, ce moment où le héros se mettrait à parler d'une voix déchirante parce qu'il aurait compris que quelqu'un l'avait trahi et qu'il ne lui restait plus que quelques minutes de film avant qu'on l'assassine.

Voilà sans doute pourquoi, quand Babeth dit EN SUSPENS, je me mis à imaginer que ma chambre était une planque. Soudain je n'étais plus Esther – tout le monde m'appelait le Parrain – et j'étais devenue plus vieille que Babeth. D'ailleurs, Babeth n'était plus tout à fait ma mère, mais une de mes complices, qui gisait sur le sol de notre planque. Comme dans les films de gangsters, la planque était plongée dans l'obscurité. Mais on voyait quand même le sang en noir et blanc former une flaque sombre, qui s'agrandissait de seconde en seconde sous le corps de Babeth. Dans un sursaut de vie, elle parvenait à hisser sa tête sur mes genoux. Et à me dire: «J'ai peur de mourir.» J'avais envie de pleurer, mais je ne le faisais pas. Puisque j'étais devenue un authentique bandit. D'ailleurs j'avais une voix d'homme – et un accent italien comme les vrais parrains – lorsque je finissais par lui répondre:

— Écoute-moi bien, petite. Tu n'as qu'un mot à dire et il est mort.

On finit de ranger mes livres en silence. Quand Babeth posa *Mon bel oranger* sur le dernier étage de la bibliothèque, cela devait faire un bon quart d'heure que l'on n'avait pas échangé un mot. J'observai, satisfaite, l'aspect de mon nouveau rayon, quand ma mère posa la main sur mon épaule et me dit:

— Tu as raison, Esther.

Comme il était parfaitement impossible que Babeth réponde à ce que je venais de lui dire dans mon film, je la regardai, surprise.

— Tu as raison, répéta-t-elle. Demain, je m'occupe des papiers du divorce.

13

Désespérant de voir Babeth s'occuper réellement des papiers du divorce, j'entrepris de lire l'intégralité des romans d'Agatha Christie, afin de libérer notre foyer de l'encombrante présence de Patrick. L'idée de commettre un parricide ne m'enchantait pas plus que cela. Mais je n'avais pas le choix. Si personne n'était prêt à prendre ses responsabilités dans cette famille, c'était à moi – qui avais toujours été la plus pragmatique de tous – qu'il incombait de faire le nécessaire.

J'ai, de cette époque, le souvenir de nuits aussi fiévreuses que délicieuses. D'heures passées dans le noir à planifier les infinis détails de cet assassinat. Bien au chaud sous ma couette, j'étudiais mentalement toutes les options. Pourquoi pas le poison ? Sauf que j'ignorais comment me procurer discrètement l'ordonnance. Et doutais que Babeth me laisse aller toute seule chez le médecin. Je me demandais aussi comment administrer à Patrick la dose quotidienne, nécessaire à sa lente et discrète extinction, sans jamais éveiller les soupçons sur ma personne. Le mieux serait sûrement de faire croire à l'accident. C'est ainsi que je finis par comprendre qu'il y avait bien plus simple que le poison. Puisque nous habitions dans une tour de trente et un étages. Sur le toit de laquelle avait été construit un bassin d'incendie, qui servait de piscine aux résidents de l'immeuble. À l'étage de la piscine, il y avait une immense terrasse qui surplombait tout Marseille.

J'étais déjà en train de pousser Patrick du haut de notre immeuble, confortablement installée sous ma couette, quand je me souvins des mosaïques, ces minuscules carrés d'un bleu vif, qui se détachaient constamment du sol de la piscine – au désespoir de mon maniaque de père, qui entreprit un décompte minutieux des carrés manquants, établit un tableau récapitulatif synthétisant l'inextinguible érosion du revêtement aquatique et convoqua ensuite l'assemblée des copropriétaires à une réunion « petits carrés » avant de menacer le syndic d'une suspension collective du paiement des charges de la résidence en cas de non-remplacement immédiat des mosaïques –, mosaïques, donc, que mon frère et moi avions pris l'habitude d'arracher du sol de la piscine et de lancer ensuite du haut de la terrasse, jusqu'à ce que Babeth nous fasse prendre conscience de la gravité, de notre geste et de la Terre. Je découvris ainsi qu'un petit caillou de rien du tout lancé du trente et unième étage de l'immeuble pouvait suffire à tuer un homme qui l'aurait reçu sur le crâne trente et un étages plus bas. Et décidai donc d'assassiner Patrick au lancer de mosaïques, au lieu de le pousser de la terrasse. Le problème, c'est que je ne savais pas très bien viser : j'avais fait du tir à l'arc une fois et ça avait été un désastre. Et puis, il y avait le mistral. Qui pouvait faire dévier la trajectoire de mes petits cailloux. Et finir par tuer le type qui marcherait justement à côté de mon père à ce moment-là. Rien que de l'imaginer, ça me fichait la fièvre. Mes joues devenaient toutes rouges et je transpirais sous la couette. Dire que j'avais failli tuer un innocent ! Ou, pire encore : Babeth, qui était quand même la personne la plus susceptible au monde de marcher dans la rue en compagnie de mon père. Je me voyais déjà, perchée sur le muret de la terrasse de la piscine, échouant de la pire des façons dans mon projet de parricide. Dire que j'aurais pu tuer ma mère ! réalisai-je en songeant que sa vie n'avait tenu qu'à un simple courant d'air. Par peur du mistral et de l'imprévisibilité de ses effets sur leur trajectoire, je décidai d'abandonner mon projet de meurtre aux cailloux.

Au bout d'un mois d'insomnie, je dus me rendre à l'évidence : j'étais aussi douée en préméditation qu'incapable de jeter la première pierre sur mon père, fût-ce du balcon de notre appartement, pourtant à peine situé au troisième étage. Je décidai donc de m'y prendre autrement. Et profitai d'un repas en famille pour lancer les hostilités.

— Au mois d'avril, je vais me faire baptiser.

— Tu vas te faire quoi ? s'écria mon père.

— Mais qu'est-ce que tu racontes ? sursauta ma mère.

— C'est quoi baptiser ? demanda Jérémy.

— Et la première communion aussi. Le père Privat a dit que je pouvais tout faire le même jour, sauf la confirmation, qui est pour les plus grands.

— Moi aussi je veux me conformer quand je serai grand, reprit Jérémy.

— Esther, tu sais. On a longuement hésité avant de t'inscrire à Jeanne-d'Arc, rappela ma mère.

— Ah, ces salauds ! T'as vu Babeth. T'as vu !

— Je disais donc qu'on savait qu'il y avait ce risque, reprit Babeth.

— C'est dangereux comment de se faire conformer ? demanda Jérémy.

— Le risque que tu te sentes obligée de faire comme tout le monde, poursuivit Babeth.

— Des moutons, ce sont des moutons !

— Alors que pour t'intégrer et te faire de nouveaux amis…

— Moi aussi je veux le faire, décida Jérémy.

— Tu n'as pas besoin d'avoir la même religion que les autres, ma chérie.

— Mais j'y crois, maman. Personne ne me force.

— C'est dingue. Je te l'avais dit, Babeth ! Ou je te l'avais pas dit, de ne pas les inscrire à Jeanne-d'Arc !

— Il te l'avait dit ? demanda Jérémy

— On avait surtout dit, après que TU as décidé de les inscrire dans cette putain d'école, que nos enfants seraient libres de faire ce qu'ils veulent, lâcha Babeth.

— Et qui c'est qui t'a donné l'idée ? C'est ce curé de mes deux ? Dis-le ! C'est lui ? Il t'a touchée, c'est ça ? Putain, Babeth ! Tu te rends compte ! Je vais porter plainte. Je le savais. C'est pas comme les rabbins, ces gens. Les rabbins, ils peuvent se marier. Alors que là ! Qu'est-ce qu'on a fait ? Ma petite fille. Tu l'as donnée. Tu l'as vendue à ces salauds de pédophiles. Je t'en avais parlé, pourtant, des pédophiles !

— C'est dangereux, un pédophile ? Est-ce que plus tard, moi aussi, je pourrai devenir…

— Mon chéri, intervint Babeth. Je sais que c'est difficile à croire. Et c'est très triste. Mais il y a malheureusement des adultes...

— Va dans ta chambre, Jérémy, interrompit Patrick.

— J'y vais aussi, m'engouffrai-je, d'autant plus que Babeth m'avait déjà fait le cours sur les pervers.

Puis, empruntant le couloir qui menait vers ma chambre, j'ajoutai :

— De toute façon, je le ferai ! Parce qu'il est interdit d'interdire, non ?

14

Et comme il était effectivement interdit d'interdire chez les Dahan, qui vouaient une ferveur toute religieuse au concept de libre arbitre, j'obtins le droit de me faire baptiser. En dépit de mes espoirs, Patrick n'en mourut pas. Il se contenta de mépriser mon choix, au motif qu'il était bien plus difficile de devenir juif que d'adopter la religion de mes copines d'école. J'appris ainsi que les candidats à la conversion au Dieu de mon père devaient d'abord étudier, pendant au moins deux ans, la langue des Hébreux (qui se lisait dans le mauvais sens) et qu'aucun membre de ma famille – sauf le mari de ma tante cent pour cent juive – n'avait jamais réussi à apprendre. Les candidats au judaïsme s'engageaient également à respecter l'ensemble des obligations afférentes à cette religion, à commencer par la circoncision. Et je me demandais qui pouvait être disposé à de tels sacrifices rien que pour gagner l'immense privilège de finir un jour dans un camp de concentration.

Le seul obstacle rencontré sur la route de ma prochaine conversion était lié à la composition de notre famille. Car le père Privat était formel : pour pouvoir me faire baptiser, j'avais besoin d'un parrain et d'une marraine. Qui ne pouvaient pas être juifs. On aurait pu élargir nos recherches au cercle relationnel si mon père avait eu des amis ou ma mère un autre genre d'amis. On n'allait quand même pas demander à Suzanne la lesbienne, pourtant baptisée en bonne et due forme en janvier 1953 – en l'absence de volontaires, j'avais forcé ma mère à se renseigner sur la situation religieuse de l'ensemble de son entourage –, de me guider sur le chemin des Évangiles. Et il était hors de question que Gilles, aussi éprouvé que Babeth par dix ans de scolarité en internat catholique, remette un jour les pieds dans une église. C'est ainsi que ma tante maternelle, que j'avais croisée dix-huit fois en neuf ans d'existence, me fut désignée comme marraine. En guise de parrain, j'héritai de Pierre, le mari corse de ma tante Josiane, plus connu pour sa fidélité au côtes-de-provence et sa passion pour la physique-chimie, qu'il enseignait, généralement soûl, aux élèves d'une boîte à bac marseillaise, que pour sa ferveur religieuse.

Du grand jour marquant mon entrée dans la grande famille du Christ, j'ai d'abord le souvenir de ma grand-mère, trônant au sommet de la colline qui abritait l'église Notre-Dame-de-la-Garde. Car Fortunée avait toujours été extrêmement ouverte sur le plan religieux, changeant de chapelle comme de culotte au fil des jours de la semaine. Elle était capable de manger casher le lundi. Et de passer son mardi à jeter des chiffons, préalablement noués, dans les recoins de sa maison, tout en invoquant saint Antoine de Padoue. Je n'ai jamais compris si le pouvoir des chiffons noués faisait effectivement l'objet d'un paragraphe dans le Nouveau Testament. Toujours est-il que lorsqu'elle avait perdu ses clés ou son pendentif Main de Fatma, pourtant censé la protéger du mauvais œil (et donc de la perte de ses clés, me disais-je en soupçonnant Fatma de ne pas être complètement disposée à aider une grand-mère juive dans le besoin), mamie Fortunée jetait des chiffons dans toute la maison, en défiant, d'une voix menaçante : « Saint Antoine de Padoue, ce que tu m'as volé, rends-le-nous. »

Ce dimanche 12 avril 1981, je me rappelle avoir brûlé d'envie de lui dire la même chose, tandis qu'elle pavoisait, à l'entrée de l'église, enchantée à l'idée de me piquer mon baptême. J'ignorais comment elle avait convaincu ses copines juives de venir à la cérémonie. Mais elles étaient toutes là, à me presser le visage contre leurs seins énormes avant de l'attraper fermement des deux mains, si près que l'haleine de Mme Taïeb, qui trempait des anchois dans son café au lait, faillit me faire tourner de l'œil.

— Ah ! ma fille ! Ah ! ma fille ! répétaient-elles avant de se désintéresser complètement de ma personne.

— Elle est bien cette église, Fortunée.

— Franchement, rien à dire. C'est la classe.

— Ah, tu nous as vraiment gâtées.

(Comme si Fortunée avait édifié Notre-Dame-de-la-Garde à mains nues, dans la seule intention de leur faire plaisir.)

— Tu connais ta grand-mère, me dit Babeth alors que j'étais sur le point de me mettre à pleurer de rage. Elle adore les fêtes et ça lui fait plaisir que ses copines soient venues. Mais c'est ta journée, aujourd'hui, ma chérie.

Elle me prit par la taille et m'emmena un peu plus

bas, sur le chemin en forme d'escargot qui menait à la Bonne Mère. Grâce à cette astuce, on parvint à accueillir avant ma grand-mère le reste des invités à MA cérémonie. Josiane arriva en premier, au bras de Pierre, qui paraissait parfaitement sobre. Jacqueline, ma future marraine, son mari garagiste et leur fille de dix ans les suivaient de près. En les voyant arriver seuls, ma mère comprit que mamie Suzie, fidèle à son refus de se trouver en présence de mon père, ne lui ferait pas la joie d'assister à mon baptême. À vrai dire je m'en moquais car je soupçonnais mamie Fortunée de ne pas avoir complètement tort au sujet de ma grand-mère maternelle. Moi, ce qui m'inquiétait, c'était mon père, qui avait menacé la veille au soir de venir à mon baptême avec une kippa sur la tête, afin de dénoncer la mascarade. Babeth assurait qu'il s'agissait d'une blague et essayait comme elle pouvait de me changer les idées tandis que je paniquais au bas des escaliers :

— Il n'est toujours pas là ! Et Jérémy non plus ! Je suis sûre qu'il aura sa kippa ! Et en plus on va être en retard.

Soudain, ma cousine Jessica apparut. Elle était seule et nous annonça qu'elle et toute sa famille cent pour cent juive étaient providentiellement tombées malades la veille au soir. Avant de rebrousser chemin, elle me tendit du bout des doigts un paquet-cadeau contenant cinq polos Lacoste, évidemment destinés à me corrompre. Quelques jours après mon baptême, Babeth ôta donc un à un les crocodiles des polos, afin de me libérer de l'emprise des marques.

Comme mon père et mon frère n'arrivaient toujours pas, on dut se résoudre à pénétrer sans eux dans Notre-

Dame-de-la-Garde. Je m'assis à côté d'Agnès Robert, à l'extrémité d'un des immenses bancs qui donnaient sur l'allée centrale. Pour dissiper le brouhaha, le père Privat réclama le silence de sa voix rocailleuse. Et je rougis de fierté dans ma robe Jacadi quand il annonça au micro :

— Nous sommes réunis aujourd'hui pour accueillir une nouvelle enfant dans la grande famille du Christ.

Mais au lieu de se tourner vers moi, les têtes pivotèrent toutes vers la porte de la Bonne Mère. Car c'est ce moment précis que mon père et mon frère avaient choisi pour faire leur entrée dans l'allée centrale de l'église. Patrick ne portait pas de kippa mais il avait fait pire, en laissant Jérémy – qui s'obstinait à croire que c'était un habit de fête – se pointer à mon baptême vêtu d'une djellaba. Quand mon père me sourit d'un air faussement gêné, je me maudis de ne pas avoir eu le courage de le tuer pour de vrai. Une fois Patrick et Jérémy enfin installés, le père Privat reprit son discours. Il évoqua l'honneur d'introniser chez les chrétiens une enfant de neuf ans, à la maturité exemplaire, qui avait fait, seule et en toute conscience, le choix de rejoindre l'Église. Ce coup-ci, toutes les têtes convergèrent vers moi. Je vis Babeth me sourire et Jérémy – si heureux de s'être fait beau pour mon baptême – me montra, plein de fierté, sa djellaba. Mais c'est quand je vis Patrick pâlir qu'une vague de plaisir me submergea : j'eus aussitôt l'impression de me mettre à planer au-dessus de la foule rassemblée dans l'église. Je volais à l'horizontale, ma robe virginale miraculeusement plaquée au-dessous du genou. Je n'entendais rien mais je volais, et c'était fabuleux de pouvoir regarder d'en haut toutes mes copines d'école, leurs barrettes sur le front, le crâne de leurs pères, la calvitie naissante du mien et la mise en plis des cheveux blond filasse de la maman d'Agnès Robert, qui avait toujours été moins belle que la mienne, et surtout ce jour-là car Babeth s'était, pour mon baptême, habillée aussi bien que les mères des autres.

Je ne suis pas encore baptisée que je ressuscite déjà, pensais-je, avant que le bras d'Agnès Robert sur mon épaule ne brise net mon ascension.

— Esther, ça fait cinq minutes qu'il t'appelle ! Et ton parrain aussi ! Regarde, ta marraine est toute seule, là-bas, avec le père Privat.

Derrière moi s'avançait Pierre, d'un pas chancelant. Il était aussi rouge que moi et j'appris, à l'issue de la cérémonie, qu'au prétexte de fumer une cigarette, il avait quitté l'église un instant et s'était retrouvé ensuite à faire des tours sur lui-même, pris au piège de la porte tambour qui permettait d'ordinaire d'accéder sans encombre à Notre-Dame-de-la-Garde et qui s'était transformée, sous l'effet du côtes-de-provence (car Pierre fumait rarement sans côtes-de-provence), en carrousel fou. Mais comme j'aimais beaucoup mon oncle Pierre – qui ne faisait pas de listes et préférait me chanter des airs corses à la guitare –, je ne lui en tins pas rigueur. Je remontai donc l'allée, l'attrapai fermement par la main et le guidai jusqu'à l'autel.

Ensuite, tout alla très vite. Le père Privat lut les passages du Nouveau Testament que nous avions sélectionnés ensemble pendant la préparation au baptême. Et je pris le micro pour prononcer mon discours. D'une voix assurée malgré le stress, je dévoilai les différentes étapes du chemin qui m'avait menée jusqu'à Dieu. Sans toutefois évoquer mes projets d'assassinat. Ensuite, le père Privat déposa de l'eau sur mon front à trois reprises. Et je fus baptisée dans les règles de l'art. Avant de quitter l'autel, je proposai à la foule d'entonner avec moi la chanson qui trustait la première place de mon Top 50 personnel depuis que j'avais décidé de me faire baptiser. Et l'église entière se mit à chanter :

Écoute, Écoute,
Surtout ne fais pas de bruit
On marche sur la route
On marche dans la nuit.
Écoute, Écoute,
Les pas du Seigneur vers toi
Il marche sur ta route
Il marche près de toi.

En sortant de l'église, je reçus les félicitations de ma famille et de mes camarades de classe. Et j'étais même heureuse pour Fortunée, qui paradait sur le parvis avec ses copines, tout éclaboussée de ma gloire.

— Mazel tov, Fortunée ! remercia Mme Zeitoun.

— Tu m'as gâtée, ma fille, pour mon premier baptême, renchérit tante Rachel.

— C'était encore mieux que la bar-mitsva du fils Uzan, conclut Aline Taïeb en experte.

De mon côté, je répétais à qui voulait l'entendre :

— On va déjeuner au Pavillon du Lac.

Chaque fois qu'on me demandait :

— Et tu fais quoi, maintenant, Esther ?

Je m'étais entraînée des semaines face à la glace de la salle de bains, afin de parvenir à prononcer cette phrase d'un air détaché. Alors qu'on n'utilisait jamais le mot « déjeuner » chez les Dahan et encore moins accolé à celui de ce restaurant chic, situé au bord du lac du parc Borély. Il faut sans doute avoir passé neuf ans de mercredis après-midi sur les toboggans à la peinture rouillée du parc Chanot, introduit des centaines de pièces de un franc dans la fente des voiturettes censées nous permettre d'en faire le tour et dont le moteur ne démarrait qu'une fois sur trois, s'être sali les mains et conséquemment blanchi les joues en jouant avec le gravier, à l'étonnante couleur de craie sale, qui constituait le revêtement de ce square pour pauvres – malheureusement situé juste en face de chez nous – pour comprendre la fascination qu'exerçait sur moi le parc Borély.

Parce que, au parc Borély, il n'y avait pas de clochards à qui Babeth nous contraindrait à offrir notre goûter. Pas de voiturettes cassées, mais des vélos pour quatre, authentiques carrosses de princesse équipés de banquettes en cuir, sur lesquels pédalaient, en parfaite harmonie et pour quinze francs de l'heure, des familles assorties, sans frère hyperactif ni risque de représailles. Il y avait aussi la « grande roseraie », dont le nom produisait chez moi à peu près autant d'effet que l'expression « hall d'entrée ». Et, donc, le Pavillon du Lac, où mes copines d'école faisaient des « déjeuners », chaque jour du Seigneur, à 13 heures tapantes, heure à laquelle Babeth suppliait généralement Fortunée d'attendre un peu pour le goûter, car nous n'avions pas fini de digérer le couscous que ma grand-mère s'obstinait à nous servir tous les dimanches dans sa cuisine à 10 h 45.

À 13 heures, on pénétra en famille dans le jardin

privé du Pavillon du Lac. À peine arrivée, je me demandai ce que fabriquait là la trentaine de personnes, réunies autour des tables du banquet, supposément dressées en mon honneur. Je crus d'abord à une erreur. Puis je reconnus le directeur de l'agence bancaire de Patrick, souriant avec sa femme en toute impunité tandis que le photographe qu'on avait engagé les prenait en photo devant ma pièce montée. Je fonçai en direction de Patrick, qui ne me laissa même pas le temps de revendiquer :

— Esther, ma chérie ! Il faut que je te présente !

Et je finis par comprendre que les hommes en costume, qui piquaient les boulettes spécialement commandées au Pavillon du Lac pour faire plaisir à Fortunée, étaient tous des banquiers ou des clients de mon père. Je filai dare-dare alerter Babeth : ces gens-là devaient déguerpir ! À défaut d'exécuter ma requête, ma mère parvint à me calmer en me laissant déballer sur-le-champ l'ensemble de mes cadeaux de baptême. Je repris des couleurs en découvrant un des rares romans d'Agatha Christie que je n'avais pas lus. Et je partis me vautrer avec mon livre sur la pelouse du Pavillon du Lac. En guise de représailles, je passai donc l'après-midi à regarder les clients de mon père d'un air mauvais, le cul planté dans l'herbe, à deux mètres du banquet, tout en tournant mollement les pages du *Noël d'Hercule Poirot*.

Babeth aussi s'ennuyait à mourir. Après être venue régulièrement s'asseoir à mes côtés, elle finit par déserter la pelouse quand Gilles le chevelu et Suzanne la lesbienne, qui avaient évidemment séché la messe, débarquèrent au banquet. Je les vis trinquer au loin. Je me replongeai dans Agatha Christie, jusqu'au moment où Jérémy arriva en pleurant parce qu'il ne trouvait plus notre mère. On demanda à mon père où elle était passée. Puis aux clients de mon père. Puis à tous les banquiers. Mais même Fortunée et ses rapatriées – qui étaient pourtant de redoutables commères – n'en avaient pas la moindre idée. Comme Patrick ne pouvait décemment pas abandonner mes invités, je partis seule à la recherche de Babeth. J'errai dans le parc Borély pendant ce qui me sembla durer des heures. J'étais prête à rebrousser chemin quand j'entendis un cri, aussi familier qu'incongru, dans les allées de la grande roseraie. Quand je l'entendis une deuxième fois, je compris que je n'avais pas rêvé. Et je me demandai ce qu'il avait bien pu arriver à ma mère et à ses amis pour qu'ils éprouvent le besoin de hurler à pleins poumons : « Mort aux flics ! » dans cette oasis de calme et de verdure où je n'en avais jamais vu traîner un seul.

Je me mis à courir en direction de leurs cris, si inquiète que j'arrivai fissa au pied de l'escalier menant à la colline, au-dessus de la grande roseraie. J'étais déjà en train de monter quand je reconnus le rire de Babeth. Et j'eus envie de rire avec ma mère en entendant soudain Suzanne vociférer :

— Mort aux banquiers !

Ensuite, ce fut l'escalade. Tandis que je grimpais les marches quatre à quatre, Babeth et ses amis semblaient bien disposés à se faire tout le 1er Mai :

— Mort aux fachos !

— Mort aux cons !

— Mort aux riches !

Je n'étais plus qu'à une vingtaine de marches du sommet lorsque j'entendis Gilles défier ma mère :

— Babeth elle n'osera pas ! Babeth elle n'osera pas !

Ensuite je vis voler un bouchon de champagne. Et comme ma mère n'était pas le genre de femme à ne pas oser, je l'entendis distinctement souhaiter :

— Mort aux curés ! Mort aux cathos ! Sauf à ma fille Esther, à qui il faut pardonner car elle ne sait pas ce qu'elle fait.

Quand Gilles cria AMEN, j'avais déjà rebroussé chemin. Je dévalai l'escalier et courus jusqu'au banquet, où Patrick avait entrepris de découper ma pièce montée parce qu'on ne pouvait pas faire attendre plus longtemps mes invités.

Quand je m'endormis ce soir-là, fraîchement baptisée, je dus admettre que l'anticléricalisme de ma mère était sans doute plus fervent que la passion de Patrick pour sa propre religion. Et j'en déduisis que, si elle avait miraculeusement survécu à l'impact du caillou que je n'avais pas lancé sur la tête de mon père du toit de notre immeuble de peur de le voir dévier de trajectoire, c'était Babeth – et elle seule – qui s'était pris mon baptême en pleine poire.

Preuve qu'avec ou sans mistral, on peut toujours se tromper de cible.

15

La semaine qui suivit mon baptême fut la plus dépaysante de ma courte existence. Car je n'étais plus simplement populaire à Jeanne-d'Arc : j'expérimentais la gloire. Entre le lundi et le vendredi, je reçus à la récréation une part de tarte aux pommes, faite spécialement pour moi par la mère de Céline Lafond, mon ancienne maîtresse de CP m'offrit une réplique miniature du Christ en bois qui pendouillait entre ses seins et Agnès Robert m'invita à passer un week-end à Cassis au retour des vacances scolaires. Mais je n'étais pas la seule à bénéficier de ce changement de statut : les mères des autres n'hésitaient plus à fendre la foule des parents d'élèves pour saluer Babeth à la sortie de l'école. Et Jérémy, suffisamment éclaboussé de ma gloire pour qu'on tire, momentanément, un trait sur ses incartades passées, fut convié à son premier goûter d'anniversaire.

Dès le vendredi, les vacances de Pâques sonnèrent le glas de ma gloire, puisque tout le monde (sauf nous) quittait Marseille. Tandis que mes camarades rejoignaient des maisons de famille du côté de Cassis, Bandol ou Aix-en-Provence, mon frère et moi fûmes assignés à résidence chez mamie Fortunée. Je détestais passer des vacances chez ma grand-mère. Car chez mamie Fortunée on avait le droit, au choix, de regarder la télévision ou le vase de Souk-Ahras. On n'avait pas le droit d'à peu près tout le reste. On risquait de se faire mal en courant dans les couloirs (le sol était glissant). Il était interdit d'ouvrir les volets parce qu'il faisait trop chaud (on risquait une insolation). Il ne fallait pas faire de miettes sur le canapé (ça attirait les bêtes). On devait éteindre la télé dès qu'il faisait gris (elle allait exploser pendant l'orage). On n'avait pas non plus le droit de parler trop fort (mon grand-père était fatigué) ni d'appeler Babeth à son bureau pour se plaindre car ma mère était une sainte et qu'on ne dérangeait pas les saints pour des bêtises et encore moins sur leur lieu de travail.

Lorsque mes grands-parents ne parlaient pas de l'Algérie française, Isaac faisait les courses au marché de la Plaine et Fortunée le ménage. Sauf le jeudi, car c'était Mme Chaintu qui s'en chargeait. En arrivant, Mme Chaintu enfilait une blouse de domestique, mettait des chaussons, faisait chauffer le café et en servait obséquieusement une tasse à ma grand-mère. Puis Fortunée nous convoquait dans la cuisine, car Mme Chaintu commençait toujours par le salon. Et tandis que sa femme de ménage s'activait à chercher les miettes qu'on n'avait pas laissées tomber entre les coussins du canapé, Fortunée nous parlait de ses bonnes.

— Il y a d'abord eu Yasmina, puis Farida, puis Allia, commençait ma grand-mère.

Puis, elle se reprenait :

— Non, c'était Farida d'abord. Ensuite, y a eu Suleima. Je veux dire Yasmina, c'est ça, Fatima, poursuivait-elle avant de se retourner vers mon grand-père. Isaac, comment elle s'appelait déjà, celle qu'on avait emmenée tous frais payés, tu sais, à Monte-Carlo, l'été 1956 ?

Et tandis qu'Isaac la regardait d'un air mélancolique, Fortunée se rappelait avec émotion l'époque bénie où elle avait des bonnes.

— Et elles étaient si bonnes, mes bonnes, me disait-elle avec ce ton aristocratique qu'elle employait chaque fois qu'elle évoquait sa vie en Algérie française. Elles faisaient le ménage comme personne. Et le repassage, mon Dieu ! Et avec les enfants, quelle patience ! Pourtant, Patrick – tu connais ton père –, il leur en a fait voir… Et reconnaissantes, avec ça : tu sais qu'elles pleuraient, elles pleuraient de reconnaissance, quand on les emmenait à Monte-Carlo ?

Fortunée poursuivait en assumant au fil de son discours le caractère global et donc interchangeable de ses domestiques. Elle qui, par superstition, jurait peu se levait ensuite de sa chaise et, sur la tête de toutes ces bonnes réunies, levant l'index pour appuyer son propos, jurait qu'elles étaient venues toutes les trois dire au revoir à la famille Dahan sur le port d'Alger, agitant à l'unisson leur mouchoir sur le quai, tandis qu'eux embarquaient au complet (mais sans les bonnes car on n'avait pas le droit de les rapatrier) sur l'immense bateau qui les transformerait, en à peine deux nuits de traversée, en Français de seconde zone. C'était l'hiver 1962. La fin de l'Algérie française. Et Fortunée, pour qui le malheur avait toujours constitué un gage irréfutable de bonté, refermait cette page d'histoire de France d'une sentence qui résumait parfaitement sa vision de la décolonisation :

— Dire qu'on les a abandonnées, les pauvres malheureuses.

En tout début d'après-midi, on faisait le tiercé. Mon grand-père déposait sur la table de la cuisine *Le Méridional* et *Le Provençal*, qui étaient les deux journaux de Marseille. Babeth, qui ne jurait que par *Libération*, refusait de lire ces torchons, au prétexte qu'ils faisaient semblant d'être de droite (*Le Méridional*) et de gauche (*Le Provençal*), mais réussissaient l'exploit de ne parler de rien, tout en disant peu ou prou la même chose. Mon grand-père et moi on s'en fichait, puisqu'on ne lisait que les pages 17-18, qui étaient consacrées aux courses. Isaac me tendait un bout de papier et un stylo pour que je puisse noter notre pronostic. Ensuite, le temps se faisait long, car il fallait attendre l'heure du goûter pour que ce soit celle du tiercé à la télévision. Pendant les trois minutes que durait chaque course, mon grand-père se figeait, retenant sa respiration. Et presque à tous les coups, il annonçait ensuite (avant même que le présentateur ne confirme l'ordre d'arrivée des chevaux à la télé) :

— On a encore gagné, ma fille !

Mon grand-père gagnait si souvent que je ne comprenais pas pourquoi il n'était pas millionnaire. Jusqu'au jour où Babeth m'expliqua qu'Isaac avait arrêté depuis longtemps d'aller au PMU. Et se contentait désormais de gagner le tiercé dans l'ordre mais pour de faux, avec un égal bonheur, deux ou trois fois par semaine.

Si je me disputais souvent avec Fortunée, que je trouvais têtue comme une mule, j'adorais mon grand-père car il ne s'énervait jamais. Sa patience vis-à-vis de moi, de mon frère et surtout de ma grand-mère paraissait sans limites. Voilà pourquoi je fus particulièrement choquée par ce qui arriva, le vendredi précédant notre retour à Jeanne-d'Arc. Quand j'eus le malheur de demander à ma grand-mère si je pouvais téléphoner au seul ami qui n'avait pas quitté Marseille pour les vacances de Pâques.

— J'ai besoin d'appeler Didier Zerouky pour les devoirs, Mamie !

Bizarrement, Fortunée ne me répondit pas tout de suite. J'attendis patiemment à côté du téléphone. Et ma grand-mère me convoqua cinq minutes plus tard dans la cuisine.

— Papy voudrait que tu lui répètes le nom et le prénom de ton ami.

— Didier Zerouky.

— Est-ce que tu veux tuer ton grand-père ?

— Mais quel rapport avec Didier, Mamie ?

— Et tu répètes son nom en plus ? Eh bien vas-y, répète. Répète, et tu verras…

Relevant le défi, je répétai le nom de mon copain :

— Didier Zerouky.

— Assassins !

— Didier Zerouky.

— Égorgeurs !

— Didier Zerouky.

— Fortunée, dis-lui ! Dis-lui que ce n'est pas possible ! finit par hurler mon grand-père en nous fusillant toutes les deux du regard.

De toute évidence, le nom de mon ami avait sur Isaac un effet démoniaque. Il lui suffisait de l'entendre pour que son teint vire au mauve et que sa bouche, d'ordinaire silencieuse, s'emplisse d'une haine que je ne l'avais jamais cru capable de ressentir envers quiconque. Impressionnée par ce qui se passait, je renonçai à faire mes devoirs. Au lieu de cela, je me faufilai dans la chambre de mes grands-parents et tandis qu'ils regardaient la télé dans le salon j'ouvris l'armoire dans laquelle ils rangeaient les chemises de l'ancien magasin de mon grand-père. Après avoir vérifié que mes mains étaient propres, je sortis une à une les trois rescapées d'Algérie. Je les posai sur le lit et observai longuement leurs poches et leurs coutures. Et puis surtout le fil. Car Isaac disait toujours : « C'est le fil qui fait la chemise. »

Je passai de longues minutes à scruter le fil de ces reliques. Et à imaginer que ça m'aiderait à remonter celui du passé de ma famille. Je me demandai ce que ça faisait d'être né dans un pays qui avait cessé d'exister. Au fond, ça voulait dire quoi, l'« Algérie française » ? Est-ce qu'on pouvait faire l'inverse : être né en France algérienne, prendre le bateau dans l'autre sens et devenir « pied-blanc » ? Je me demandai combien de temps ça prenait pour qu'une chemise jaunisse. Et pourquoi tout ça m'empêchait d'appeler Didier.

Je n'eus pas, ce jour-là, la réponse à mes questions. Mais je tombai, grâce au stock rescapé du dernier inventaire de *La Perle de Souk-Ahras*, sur une bien plus vaste source d'interrogations. En remettant les chemises dans l'armoire, je découvris en effet que la pile qu'elles formaient reposait sur une grande écharpe, aussi jaunie que le reste, que je n'avais jamais remarquée jusqu'à présent. Ravie de ma trouvaille, je sortis l'étoffe de l'armoire. Et un dossier relié, comme ceux que Babeth rapportait parfois de son travail, tomba aussitôt sur le sol. C'est ainsi que je découvris, caché dans une vieille écharpe, elle-même planquée sous une pile de chemises dans l'armoire de *La Perle de Souk-Ahras*, ce dossier constitué d'une bonne trentaine de feuilles. Sur la couverture du dossier – exactement comme sur la première page du livre à la couverture rouge et or, publié à compte d'auteur, que Patrick lisait les week-ends où il faisait Jacques Brel – étaient inscrits le nom et le prénom de mon père.

Je ne compris pas grand-chose au contenu du dossier : il était plein de mots compliqués que je lus à une vitesse folle, de peur que ma grand-mère me surprenne. J'eus pourtant, assez rapidement, la certitude de découvrir quelque chose de grave. Mais j'ignorais à ce moment-là que c'était à cause de ce que j'avais lu que mamie Suzie refusait de voir mon père depuis plus de dix ans.

16

Je ne parlai à personne de ce dossier. Et je l'enfouis d'autant plus facilement dans ma mémoire que je partis le lendemain en week-end à Cassis avec Agnès Robert. Dans la voiture de sa mère, qui roulait en écoutant de la musique classique, je songeai : « Profite, Esther. Profite ! » En appréhendant déjà le moment où je devrais rentrer chez moi le dimanche soir. J'essayai donc de tout mon cœur de savourer le trajet le long de la Gineste, la route sinueuse que ma mère n'empruntait jamais lorsque nous allions à la plage, à cause du vertige de mon père. Car Patrick ne se contentait évidemment pas d'avoir le vertige : il menaçait à chaque virage de se jeter dans le vide en ouvrant la portière de la voiture tandis que ma mère serpentait entre les falaises. Pour la même raison, il s'inscrivait chaque année aux classes de ski de première étoile lorsque nous partions aux sports d'hiver. Au motif que le cours de deuxième étoile, qu'il avait suivi avec Babeth quelques années avant ma naissance, supposait d'emprunter des télésièges, dont il avait entrepris de (faire semblant de) se jeter, avant que ma mère ne le rattrape par la bretelle de sa salopette de ski. Selon la légende familiale, j'avais donc failli ne pas naître. Et, conséquemment, ne jamais connaître les joies de ce Marseille-Cassis-là, à écouter Bach dans la voiture avec Agnès sans qu'aucune menace de suicide, émanant du siège passager, vienne nous bousiller le trajet.

Le nez collé à la vitre, je bouffais des yeux le bleu de la mer, qui sur cette route joue à cache-cache sur près de vingt-cinq kilomètres. Même les pins brûlés, vestiges du dernier incendie, me paraissaient élégants. Et j'aimais ces pierres blanches, si typiques du sud de la France, dont le reflet m'aveuglait sous l'effet du soleil. J'avais beau être marseillaise, c'était la première fois que j'empruntais cette route. Et je mourais d'envie de découvrir Cassis, la station balnéaire la plus proche de Marseille, dans laquelle Babeth refusait de mettre les pieds au prétexte qu'on allait se les esquinter sur ses plages de galets et que l'eau y était plus froide qu'ailleurs. La vérité, c'est qu'il n'y avait que les bourgeois pour s'infliger pareille épreuve. Alors que les Dahan, qui savaient jouir sans culpabilité ni entraves, n'éprouvaient nul besoin de se geler les miches ou de se bousiller les orteils pour profiter des plaisirs simples de la mer.

Au lieu de Cassis par la route, on allait donc à La Ciotat par l'autoroute qui relie Marseille à Toulon. Comme il n'y avait pas de galets, on pouvait marcher sans sandales sur ses plages de sable sale, peuplées de familles nombreuses mal rangées sous des parasols. On pouvait aussi barboter pendant des heures car l'eau y était chaude. Et verdâtre. Sans doute à cause des chantiers navals, dont Babeth estimait essentiel de nous rappeler chaque fois l'existence sitôt dépassé en voiture le panneau La Ciotat, alors qu'on ne voyait que ça – d'immenses grues, plantées en plein milieu de la mer – depuis les plages de cette ville-là.

À partir du mois de mai, on y allait tous les mercredis après-midi après l'école, Babeth, Jérémy et moi. Mais aussi un dimanche sur deux, en famille, au complet. Ce qui impliquait de se lever au beau milieu de la nuit, comme quand on partait au ski, parce qu'on n'était pas des moutons chez les Dahan. Je n'ai jamais compris en quoi le fait de se réveiller à 5 h 15 le dimanche pour être à 6 h 10 dans la voiture puis de 7 heures à 13 h 30 précises sur la plage de La Ciotat constituait le summum de l'anticonformisme. Mais je me rappelle parfaitement Patrick psalmodiant, sur un ton de liste, pendant nos quarante-cinq minutes de trajet familial sur l'autoroute :

À L'ALLER COMME AU RETOUR !
À l'ALLER COMME AU RETOUR !
À l'ALLER COMME AU RETOUR !

(Dans le sens Marseille-La Ciotat)
Puis :

AU RETOUR COMME À L'ALLER !
AU RETOUR COMME À L'ALLER !
AU RETOUR COMME À L'ALLER !

(Dans le sens La Ciotat-Marseille)

LES BOUCHONS SONT ÉVITÉS

(Refrain commun aux deux trajets)

Après avoir quitté la maison aux aurores, roulé sans encombre sur l'autoroute déserte, au son de la litanie de

Patrick, nous nous garions où bon nous semblait avant de nous installer sur la plage. Ma mère commençait par déverser sur le sable le contenu de notre panier en osier. Patrick hurlait car il ne voulait pas un seul grain sur sa serviette. Et pas une goutte d'eau non plus. Mon frère se faisait engueuler parce qu'il avait déjà eu le temps d'en remplir un seau à ras bord – qui chancelait dangereusement au bout de son bras minuscule, à cinq centimètres de la serviette de Patrick –, alors qu'il n'avait pas le droit de s'approcher de la mer avant que Babeth ne lui ait mis de la crème et les brassards. C'est moi qui étais chargée de les gonfler, tandis que ma mère enduisait le rouquin d'écran total, tout en continuant à nous parler des chantiers navals.

Esther !

Piquets de grève.

Un peu plus gonflé le brassard.

Licenciements.

Jérémy sur le nez aussi sinon tu vas…

Disparition de l'appareil productif.

Et des masses laborieuses vaincues par le capital sous le parasol.

J'avoue que je ne comprenais pas pourquoi Babeth semblait si inquiète. Puisque les chantiers navals ne disparaissaient jamais et semblaient bien décidés à passer toute leur vie plantés dans l'eau verdâtre, comme le nez au milieu de la figure de la mer de La Ciotat.

Lorsqu'on était tous en maillot – sauf Patrick qui restait tout habillé à la plage et se recroquevillait sur sa serviette comme sur une île déserte menacée par la montée des eaux –, on courait ensemble vers la mer. Ensuite, on courait dans la mer, presque jusqu'aux chantiers navals puisque l'eau, à La Ciotat, n'en finissait jamais de ne pas dépasser le bas de mon maillot et le haut du dos de Jérémy, rouge vif dès 10 heures malgré l'écran total. Babeth jouait avec nous pendant des heures : à la cabriole avant puis arrière, à ne pas respirer sous l'eau et à devoir s'attraper alors qu'on n'avait pas le droit d'ouvrir les yeux. Et comme nous n'avions vraiment rien à envier aux bourgeois de Cassis, on faisait même des sports nautiques. On s'allongeait dans la mer comme pour faire la planche, puis Babeth empoignait nos pieds et nous tirait de toutes ses forces vers la droite ou la gauche jusqu'à ce qu'on parvienne à glisser brièvement à la surface de l'eau en hurlant : SKI NAUTIQUE ! SKI NAUTIQUE !

Chancelants de fatigue, on rentrait ensuite jusqu'au rivage pour manger (à midi pile) un sandwich au jambon les semaines où Patrick n'était pas très juif ou deux pizzas mozzarella pour quatre – car les restaurateurs de plage étaient tous des voleurs – les fois où il le redevenait. Moi, je n'aimais pas partager les pizzas ni commander une mousse au chocolat avec deux cuillères. J'avais un sacré appétit, mais surtout une conscience aiguë du mauvais œil que ne manquaient jamais de nous jeter les serveurs de restaurant lorsqu'ils prenaient note de notre commande.

— Ne t'inquiète pas, Esther. Le client est roi, disait Patrick.

Et je n'avais pas le temps de dire : « Mais... », que Jérémy se fabriquait une couronne en bords de pizza.

— On est les rois de la mozza, surenchérissait Patrick d'une voix assez puissante pour informer de notre rang le reste des convives du restaurant.

— Maman, dis-leur d'arrêter, c'est dégoûtant,

exhortais-je Babeth, tandis que Jérémy entreprenait de faire rebondir sur son front un filament de mozzarella, encore collé à un des bords, qui pendouillait jusque sur son arcade sourcilière.

— Parce que les chantiers navals..., poursuivait Babeth, dans l'espoir fou de me distraire et de ne pas contrarier Patrick qui s'amusait enfin avec les enfants.

Sitôt revenus sur le sable, on n'était plus les rois du tout. On peinait à retrouver nos serviettes, parfois roulées en boule entre deux parasols. Jérémy se mettait à pleurer car son seau avait disparu. Et mon monarque de père regardait la foule de vacanciers d'un air mauvais car il y avait du sable sur sa serviette. Alors que les mères des autres n'hésitaient pas à arracher des mains les pelles et râteaux volés à leur progéniture, Babeth refusait systématiquement d'intervenir dans ce genre de conflit. On n'allait quand même pas s'abaisser à de telles pratiques. Se battre pour un moule de coquillage en plastique. Priver un enfant du bonheur de nous piquer notre seau. Au nom de l'abolition de la propriété privée et de la jouissance collective de nos accessoires de plage, on repartait donc de La Ciotat sans pelles, moules ni râteaux. Mais on en rachetait chaque fois, histoire de pouvoir se les refaire piquer ensuite.

Sitôt arrivée à Cassis, je déchantai. Sans doute parce que c'était la première fois que je quittais ma famille pour plus d'une nuit. Et la première fois que je mettais les pieds dans une « maison de famille » : une suite de mots qui me paraissait encore plus chic qu'un « hall d'entrée », jusqu'à ce que je découvre que la villa des Robert, ses trois étages, cinq chambres, cuisine, salon, bureau et salle à manger surplombant la vieille ville de Cassis, ressemblait tout entière à un hall d'entrée. Je pris aussitôt la maison en grippe : j'avais l'impression d'y être coincée comme dans la salle d'attente de M. Amsellem, le dentiste qui habitait sur notre palier et collectionnait des revues – que ma mère refusait de feuilleter – pleines de photos de maisons dans lesquelles personne ne semblait jamais devoir entrer. « Mets-toi à l'aise, Esther », n'arrêtait pourtant pas de me répéter la maman d'Agnès.

J'étais perdue dans mes pensées quand la maman d'Agnès passa une tête dans la chambre.

— Vous allez vous doucher, les filles ? suggéra-t-elle, alors qu'on venait à peine d'arriver.

Je n'en avais pas du tout envie mais j'obtempérai. Les pieds sur le carrelage froid de la salle de bains sans baignoire de la maison familiale des Robert, je me rappelle avoir pensé : et si Babeth avait raison ? Parce qu'il n'y avait pas le chauffage central dans la villa des Robert. Pas de moquette par terre. Ni même de radiateur d'appoint pour ne pas attraper froid en sortant de la douche. L'eau mit cinq bonnes minutes à devenir tiède. Et à le rester. Mais c'est quand je vis le gant de crin, adossé au savon marronnasse qu'il semblait nécessaire de frotter une vie entière pour en extraire un doigt de mousse, que je me sentis pour la première fois de ma vie un peu de gauche moi aussi.

Je passai le week-end dans le même état d'esprit. Je trouvai l'eau de la mer trop froide. Le contact de mes pieds sur les galets de la plage désagréable. Il y avait des arêtes dans le poisson pas pané. Et je ne fus même pas capable d'apprécier la partie de tennis à laquelle me convia Agnès le samedi avant le dîner, alors que j'avais toujours jalousé ma cousine Jessica qui jouait tous les mercredis après-midi dans un club très chic à Marseille.

À vrai dire, je ne me sentais plus aussi bien avec Agnès Robert depuis qu'elle était venue dormir à la maison. Car je lui en voulais toujours de n'avoir rien remarqué de louche dans ma famille. Et j'étais épuisée à l'idée de devoir lui mentir éternellement. Le dimanche matin, je me réveillai donc d'une humeur maussade. Qui ne fit qu'empirer quand on me présenta le couple d'amis que les parents d'Agnès avaient invité à déjeuner. Ils s'appelaient les d'Aguesseau. En deux mots. Je les pris en grippe immédiatement. Mme d'Aguesseau portait une chemise à motifs provençaux. Elle avait le même air pincé que la plupart des mères de Jeanne-d'Arc. Un collier marseillais et la variante des beaux quartiers de l'accent chantant du Sud. Son mari lui était parfaitement assorti.

Le début du repas se passa sans encombre. On vanta, comme souvent, mon front intelligent. Mes yeux couleur de mer (sauf celle de La Ciotat). Puis les d'Aguesseau se désintéressèrent de moi comme d'Agnès et commencèrent à parler de choses et d'autres. J'étais si concentrée sur la traque aux arêtes, dans le poisson pas pané que la maman d'Agnès nous servit pour la deuxième fois de cet interminable week-end, que je ne prêtai pas attention à leur conversation. Mais soudain j'entendis Mme d'Aguesseau dire :

— Bougnoules.

Et ça me fit comme une arête.

Je décidai de passer outre. Après tout, une arête n'avait jamais tué personne. Mais peut-être que deux, si ?

— Les Juifs, passe encore. Mais les bougnoules…, continua Mme d'Aguesseau.

J'attendis que la mère d'Agnès dise quelque chose. Je la connaissais assez pour ne pas imaginer qu'elle puisse intercéder en faveur des bougnoules. Mais j'espérais naïvement qu'elle prenne la défense des Juifs. Après tout, elle connaissait mon nom de famille. Et je pensais que, par égard pour ma personne…

Elle n'en fit rien.

Alors je délaissai ma sardine dans un coin de l'assiette. Et décidai de ne plus louper une miette de ce qui sortait de la bouche pleine d'arêtes de Mme d'Aguesseau.

— Moi, je ne me sens plus en sécurité à Marseille. En plus, ces gens-là empestent. C'est une question de race. Là-dessus, Le Pen n'a pas forcément tort.

Cette dernière phrase me surprit alors que j'étais déjà debout. Je n'avais pourtant pas le souvenir de m'être levée de table. Ni d'avoir posé la main sur le dossier de ma chaise. Et il fallut que la maman d'Agnès me demande :

— Tu ne te sens pas bien, Esther ?

Pour prendre conscience que je venais de remettre ma chaise à sa place, comme on fait quand on est bien élevé au moment où on sort de table. J'ignore aussi comment ces quatre bouts de phrase, qui signeraient le début de la fin de mon amitié avec Agnès, sortirent de ma bouche.

— Ah non, ça va. Mais comme y a certaines choses qui me dérangent. Enfin, je veux dire : que j'ai pas envie d'entendre. Je préfère sortir de table.

Ensuite, je ne dis plus rien. Je montai comme une automate dans la chambre d'Agnès et attendis dix minutes avant qu'elle me rejoigne. Comme je savais que nous devions quitter Cassis à 16 heures car les parents d'Agnès tenaient absolument à être à Marseille avant la fin de l'après-midi, j'avais commencé à ranger mes affaires dans mon sac de voyage. Agnès ne dit pas un mot en arrivant dans la chambre. Au lieu de ça, elle tenta, de mon lit, de lancer le pyjama que j'avais laissé en boule, en direction de mon sac. Elle visa à côté. Et persista à le faire en s'adressant à moi :

— Oh, Esther ! Ça va ? Ils étaient hyper embêtés, les d'Aguesseau. En tout cas, je te jure qu'ils ont dit qu'ils ne voulaient pas te faire de peine.

Alors que je ne l'avais absolument pas prévu, ma colère explosa. Elle s'abattit sur Agnès, qui me regardait sans comprendre tandis que je vidais mon sac : c'était sa faute si je m'étais fait baptiser et si j'avais fait de la peine à ma mère !

Comme elle ne disait rien, je continuai sur ma lancée : ses parents étaient des nazis ! C'était à cause d'eux que les pauvres mouraient ! Que les Juifs allaient en camp de concentration !

Lorsque je finis par me taire, Agnès me regardait, horrifiée. Et comme je ne savais pas quoi faire, je me mis à pleurer. Agnès tenta de me consoler du bout des lèvres, mais le mal était fait. On finit de ranger nos affaires en silence, puis on déposa nos sacs dans la voiture. On ne s'adressa pas la parole durant tout le trajet vers Marseille. Tandis que la Gineste défilait dans l'autre sens, je ruminai ma honte. J'avais parfaitement conscience d'avoir commis le plus pitoyable des autosabordages : un peu comme un suicide, mais en moins grave.

17

C'est la gorge nouée que je franchis le lendemain le portail de Jeanne-d'Arc. J'ignorais comment se comporterait Agnès à mon égard. Je pensais lui présenter mes excuses mais doutais qu'elle les accepte. J'étais inquiète, et littéralement épuisée parce qu'on avait fait la fête en famille, la veille au soir. Je ne comptais pas le dire à Agnès ni à personne d'autre, mais on s'était tous couchés à 4 heures du matin. À peine arrivée dans la cour de l'école, je compris que l'angoisse relative à la poursuite de relations cordiales avec Agnès Robert et, par ricochet, avec l'ensemble de mes camarades de CM1 n'avait plus de raison de me torturer. Car c'en était fini de la cordialité.

Ce matin-là, je fus en effet accueillie par une pierre en pleine tronche. Il me semble que l'auteur du lancer était un garçon de CM2, que je connaissais à peine. Mais je ne parvins jamais à identifier quels camarades d'école imitèrent bientôt son geste, tandis que je repliais les bras sur mon visage pour le protéger. Par chance, la cloche sonna vite, mettant fin à ce premier round d'hostilité à mon égard. Une fois en classe, je ne commis pas l'erreur de me plaindre à la maîtresse.

J'avais tellement menti depuis que j'étais à Jeanne-d'Arc que les raisons de me faire la peau me semblaient trop variées. Et je ne voulais surtout pas prendre le risque d'évoquer par erreur une faute que mes camarades ignoraient à ce jour pouvoir me reprocher.

Lorsque la cloche sonna pour la récréation, je traînai des pattes. En passant devant le bureau de la maîtresse, j'entendis Didier Zerouky lui demander l'autorisation de rester dans la classe car il avait mal à la tête. Et je fis exactement comme lui. Dès qu'on se retrouva seuls tous les deux, Didier me demanda s'ils ne m'avaient pas fait trop mal. Je sautai sur l'occasion pour lui demander ce qui se passait :

— Tu n'es pas au courant ?

— Au courant de quoi ? Dis-moi !

— Jérémy et toi vous êtes sur la première page du *Méridional* ! Et quelqu'un a dit à toute l'école que ça ne l'étonnait pas.

Comme je ne comprenais toujours pas, Didier se mit à farfouiller sur le bureau de la maîtresse.

— Ça y est, je l'ai trouvé ! me cria-t-il, en me tendant le journal.

C'est alors que je nous vis, Jérémy et moi. Souriant jusqu'aux oreilles. Torse nu. Le poing levé. Debout sur le capot de notre Peugeot 104. En arrière-plan, on voyait la foule en délire, qui avait convergé comme nous sur le Vieux-Port, la veille au soir. La légende ne laissait subsister aucun doute sur le motif de notre présence dans les rues de Marseille, dans la nuit du 10 au 11 mai 1981 : on était « venus fêter la victoire de la gauche ». J'ignore si le quelqu'un qui avait dit que « cela ne l'étonnait pas » s'appelait Agnès Robert : comme on ne s'est plus parlé ensuite, je n'ai jamais eu l'occasion de le lui demander.

Je consacrai le reste de la journée à attendre qu'elle se termine. Et obtins sans difficulté le droit de rester dans la classe à toutes les récréations, que je passai à lire pour soigner mon mal de tête. Quand je vis Babeth arriver à 16 h 30, alors qu'elle ne venait que très rarement me chercher de si bonne heure, je sautai de joie. Mais j'avais tellement l'habitude de ne rien raconter à ma mère de ce qui se passait à Jeanne-d'Arc que je ne fis pas exception à la règle. Et puis elle avait l'air si heureuse que je n'allais pas lui gâcher la vie, enfin devenue rose, avec cette histoire-là.

18

Une semaine plus tard, ma maîtresse convoqua Babeth à l'école. Convaincue que Mme Dumoulin ne pouvait avoir d'autres raisons que ma lapidation – devenue quotidienne depuis l'arrivée de la gauche au pouvoir – pour souhaiter s'entretenir avec ma mère, je me dis que Babeth savait tout, lorsque je la vis rentrer à la maison, la mine défaite. Une fois dans le salon, ma mère confirma mes soupçons en me précisant que ma maîtresse était très inquiète à mon sujet. Forte de ses vingt ans d'expérience et de ce sens de l'observation qui avait fait sa réputation à Jeanne-d'Arc, Mme Dumoulin avait en effet remarqué que je lisais en cours. Et elle proposa à Babeth le traitement qu'elle pensait le plus adapté à l'éradication de ce qui ne pouvait être qu'un symptôme. Car si je lisais en cours, c'est que je m'ennuyais. Et ceux qui s'ennuyaient finissaient par échouer. Sauf s'ils sautaient une classe.

Il faut sans doute avoir eu une mère soixante-huitarde, égalitariste jusqu'à la moelle et ex-bonnet d'âne au sein de l'institution scolaire pour saisir l'impact sur la mienne de ce qu'osa lui suggérer ma maîtresse. Eût-on proposé à Babeth une amnistie fiscale qu'on ne lui aurait pas fait plus de peine. Car, à en croire ma mère, me laisser sauter une classe revenait à violer les lois de la République : je risquais, à moi seule, de mettre en péril l'égalité et la fraternité. D'autant plus que Jérémy, déjà fragile sur le plan scolaire, n'allait sûrement pas s'en relever. Évidemment, Patrick ne partageait pas son avis. D'ailleurs, il avait toujours su que j'étais aussi brillante que lui. Et ce n'est pas parce que ma mère avait gâché sa vie, pas fait d'études mais fugué à Paris au bras d'un abruti, avant de s'en sortir miraculeusement grâce à leur rencontre au bar Pierre, qu'il allait lui laisser gâcher la mienne. J'avais de mon côté parfaitement conscience du caractère providentiel de ce « sautage de classe ». Qui me permettrait d'abréger d'un an le calvaire que je vivais désormais à Jeanne-d'Arc. Et c'est donc exclusivement par loyauté envers ma mère que je prétendis que cela m'était égal.

Une semaine après leur premier rendez-vous, Patrick accompagna ma mère à un second entretien avec Mme Dumoulin. Elle leur précisa que je n'étais pas la première élève de sa classe à cumuler d'excellents résultats scolaires et la fâcheuse habitude de lire des romans, planqués sur ses genoux, pendant ses cours. Elle leur confirma aussi que les rares élèves lecteurs n'ayant pas sauté de classe en dépit de ses préconisations avaient vu, dès le CM2, leur investissement scolaire s'effondrer. Et par ricochet leurs résultats chuter.

C'est mon père qui gagna la manche. Sitôt sa décision prise, il entreprit de répandre l'excellente nouvelle : notre soixante-douze mètres carrés exempt de dépendances se transforma en salle des fêtes et, à défaut d'amis, Patrick convia chez nous – par groupes de quatre personnes, histoire de pouvoir multiplier les représentations – l'ensemble du personnel et de la clientèle de son agence bancaire. À l'heure de l'apéritif, il me faisait entrer en scène.

— Appelle les enfants, Babeth ! disait mon père, même si tout le monde savait que Jérémy devait rester dans sa chambre pour ne pas gâcher le spectacle.

J'arrivais dans le salon et on me laissait m'asseoir avec les grands. Expédiant toute forme de préambule, Patrick m'interrogeait :

— Six fois 22, Esther ?

— Maintenant, tu vas nous épeler : incessamment.

— Allez : 3 fois 78 !

— Alors, ma chérie : la poule ou l'œuf ?

Les invités aussi avaient le droit de jouer.

— Tout ce que vous voulez ! disait Patrick au préposé aux prêts immobiliers.

— Si elle perd, je vous ressers, promettait-il à son plus grand client du portefeuille grands comptes, tout en rebouchant la bouteille de rosé.

J'enchaînais donc les tours : multiplications, dictées, fiches de lecture improvisées du dernier roman « pour enfants, dès huit ans » dévoré en cachette pendant un cours de maths. Il m'arrivait de philosopher un peu, quand la femme d'un grand compte – souvent, elles s'ennuyaient – finissait par me demander ce que je pensais de la vie ou de la marche du monde. En moi se mêlaient une foule de sentiments contradictoires. J'avais honte de trahir ma mère. Envie de me tromper pour ficher la honte à mon père. Mais je ne parvenais pas à enfreindre une seule des règles – de calcul, d'orthographe ou de grammaire – qui m'avaient toujours consolée de l'impermanence des choses. Alors je répondais juste, élargissant chaque jour le fossé qui me séparait désormais de Babeth.

Car il y eut bientôt deux camps dans ma famille. À mon corps défendant, j'étais dans celui de Patrick. Je me sentais d'autant plus seule que Jérémy multiplia à cette époque les occasions de tête-à-tête avec ma mère. Non content de se voir imposer un redoublement – une semaine jour pour jour après l'annonce officielle de mon sautage de classe –, il parvint à s'ouvrir le crâne au début du mois de juin. Puis le ventre, qu'il avait choisi comme support pour découper au cutter des photos d'insectes, soi-disant nécessaires à un futur exposé sur les cafards. Et enfin les deux arcades sourcilières, en courant vers le toboggan géant d'Aquacity. Jalouse de leur intimité, forgée par des journées d'anxiété partagée dans la salle des urgences de la Timone, je prétendis avoir perdu l'ouïe à l'oreille gauche. Ma mère prit rendez-vous pour moi à l'hôpital Nord mais le spécialiste ne détecta rien. J'eus ensuite volontairement un 2/10 en dictée. Qui passa inaperçu alors qu'on avait fêté au champagne la première note supérieure à zéro récoltée par mon frère en orthographe. De guerre lasse, je finis par m'enfoncer vingt grammes de coton dans la narine droite, dont ma mère parvint à me débarrasser sans appeler les pompiers, armée de ses seules patience et pince à épiler.

Il devenait chaque jour plus manifeste que Babeth préférait mon frère. À table, elle instaura même un temps de parole. Dans le seul but de permettre à la pensée de Jérémy – qu'elle disait lente à se mettre en place parce que infiniment complexe – de s'épanouir sans entrave. L'entrave, bien sûr, c'était moi. Moi, qui avais toujours trop parlé. Et avais sacrifié mon frère sans le moindre état d'âme sur l'autel de mes bavardages et de ma vanité. Pendant des semaines, personne n'eut plus le droit de s'exprimer à table avant que Jérémy – qui ensuite ne devait pas être coupé – ait commencé à le faire. Et je passais des dîners entiers à guetter, suspendue à ses lèvres qui ne bougeaient jamais, le premier mot prononcé par mon frère. Tandis que je brûlais de couvrir d'un flot de paroles le son des fourchettes dans nos quatre assiettes et celui de la mastication, rarement discrète, de mon père.

Je me mis, en réaction, à développer des maux de ventre. Aussi atroces que vrais. S'ils suscitèrent chez Babeth ce regain d'intérêt que j'échouais à provoquer depuis l'annonce de mon sautage de classe, ils entérinèrent aussi nos divergences. Car à chaque douleur, par moi manifestée, ma mère s'écriait :

— Ah ! ma chérie ! Ça y est ! Tu vas avoir tes règles !

Je n'avais pas dix ans. Et aucune intention d'être un jour réglée. Je n'éprouvais pas non plus le moindre désir d'expérimenter les délices que Babeth s'obstinait à me détailler en me tendant un cachet pour le ventre.

— Alors, tu vois, la première fois… Moi, je m'en souviens comme si c'était hier. C'était avec mon photographe, tu sais. Peut-être que tu auras peur. Mais il ne faut pas. On développait des clichés dans sa chambre noire. Faire l'amour, Esther, c'est tellement magnifique. Et soudain, on était allongés sur le sol ! Tu veux qu'on prenne un rendez-vous avec le gynécologue, ma puce ?

19

Bien qu'elle ait perdu le combat contre mon père dans l'épineux dossier de mon destin scolaire, Babeth se remit vite de sa défaite. Dans le mois qui suivit l'élection de Mitterrand, dont ma mère assurait qu'elle nous changerait la vie, Babeth parut plus décidée que jamais à reprendre les rênes de la sienne. Alors qu'elle surveillait d'ordinaire son langage en ma présence, je l'entendis traiter son patron d'abruti. Dire qu'elle voulait aller à un concert de David Bowie. Déclarer qu'elle souhaitait reprendre des études. Mais ma mère rêvait aussi de partir en vacances à l'étranger. Et n'envisageait pas de travailler plus longtemps comme secrétaire. Je fus d'abord dubitative. Jusqu'à ce qu'elle nous annonce, une veille de dimanche, qu'elle n'en passerait pas un de plus à manger du couscous chez ma grand-mère. Et refuse, le lendemain, de nous y accompagner, au grand étonnement de mon père.

Mamie Fortunée était loin d'être la seule dans la ligne de mire de ma nouvelle mère, à qui l'avènement du socialisme semblait avoir donné des ailes. De plus en plus fréquemment, elle rappelait à Patrick qu'elle venait d'avoir trente et un ans. Et que contrairement à lui (qui avait fêté ses trente-huit), elle avait toute la vie devant elle. Il lui arrivait aussi de le traiter de banquier, au prétexte que mon père – qui avait beaucoup grossi et n'avait objectivement jamais ressemblé à un poète – venait d'être nommé sous-directeur de son agence bancaire. À en croire Babeth, le mépris grandissant que mon père éprouvait pour Jérémy, du simple fait de son inadaptation aux exigences normatives du système scolaire, ne trompait plus personne : Patrick était prêt à renier l'ensemble des idéaux auxquels elle avait bêtement cru qu'il croyait, lui aussi, lors de leur maudite rencontre, treize ans plus tôt, au bar Pierre. Et il allait bientôt avoir du souci à se faire. Car Babeth n'avait pas coupé les ponts avec sa propre mère, qui lui avait toujours dit de se méfier de mon père, pour finir au bras d'un type de son espèce, qu'elle soupçonnait désormais d'être encore plus conservateur que la pourtant très rétrograde mamie Suzie.

Quand Babeth disait tout cela, j'oubliais un instant qu'elle préférait mon frère. J'adorais la regarder arpenter notre salon, chaussée de ses santiags. Voir, de dos, ses longs cheveux blonds remuer quand elle s'énervait. Et savourer, de face, le spectacle de ses yeux vert noisette qui brillaient d'un éclat d'une intensité proportionnelle à l'audace de ses revendications. Chaque soir, je retardais donc au maximum le moment de regagner ma chambre. Car il était hors de question que je sois privée de la moindre miette de colère de ma mère. Une fois installée dans mon lit, je plaquais mon oreille contre les murs en crépi de ma chambre. Mais je n'entendis jamais Patrick opposer la moindre résistance aux propos, chaque jour plus virulents, de Babeth. J'en déduisis que le couple, formé en dépit du bon sens par ces deux individus si mal assortis, était en train de vivre ses dernières heures. Mais mon père finit par réagir.

Un soir, en rentrant du travail, il nous annonça qu'il nous avait fait une surprise : comme il avait été promu sous-directeur de son agence bancaire – et n'avait absolument pas à en rougir –, on allait tous partir en vacances à l'étranger. C'est ainsi qu'au lieu de rejoindre, comme chaque été, le camp de naturistes de Port-Grimaud, on fit, le 1er août, nos valises pour l'Algérie. Si ce voyage n'était pas à la hauteur de mes attentes, car je trouvais l'Algérie peu exotique et eusse largement préféré un divorce, Babeth se laissa pourtant corrompre avec une facilité déconcertante. Je la vis noyer dans le Guide Bleu tous ses projets d'avenir. Et elle passa les semaines précédant notre départ à me parler des singes de Tipaza et des ruelles de la casbah d'Alger, des plages d'Annaba et de je ne sais quelle rivière du côté de Souk-Ahras, dans l'espoir de chasser le manque d'enthousiasme que provoquait chez moi la perspective de ce voyage.

Patrick, de son côté, était ivre de joie :

— Vous allez voir, les enfants ! Le berceau de votre famille ! répétait-il en boucle, tandis qu'approchait la date de notre départ vers les origines.

La veille du grand jour, on passa dire au revoir à Fortunée. Mes grands-parents étaient loin de partager l'exaltation de leur fils pour ce retour aux sources. Quand Babeth lui demanda ce qu'elle souhaitait qu'on lui rapporte de son pays natal, ma grand-mère sortit son mouchoir en guise de réponse. Et tandis qu'elle pleurait, Isaac vira au rouge pivoine que je savais réservé aux grandes occasions. Mon grand-père attendit que tout le monde ait déserté le salon pour m'expliquer l'ampleur de notre erreur. Et je fus donc le seul membre de la famille à savoir avant de partir qu'il était impossible d'aller dans un pays qui n'existe plus.

Le jour J, ma mère prit le volant de la 104 et on roula vers le port de la Joliette. Car on ne pouvait pas prendre l'avion, à cause du vertige de mon père. Et alors que j'étais bien décidée à faire la tête pendant tout le voyage, j'eus du mal, en voyant le bateau, à masquer mon excitation.

— Regarde, Jérémy, regarde ! dis-je à mon frère en tendant le doigt pour qu'il ne loupe rien de tout ce qu'il y avait à voir : l'immense cheminée sur le pont, la passerelle suspendue – exactement comme dans les films – pour permettre l'accès des passagers piétons, les canots de sauvetage, le personnel de bord en uniforme et l'alignement des centaines de hublots – ce sont les cabines, Jérémy ! – qui dessinaient des trous énigmatiques – on dirait des yeux, Esther ! – sur le flanc du navire.

À un moment, une sirène retentit et plus personne n'eut le droit de rester sur le quai. Il fallait obligatoirement regagner les voitures et attendre que ce soit notre tour de garer la 104 dans le parking du bateau, qui comptait trois étages. Il y avait des centaines de voitures autour de la nôtre sur le quai. Alors Babeth nous proposa une partie de « Qui est-ce ? » pour patienter. Tout le monde voulut jouer, sauf Patrick qui n'aimait pas jouer.

— C'est un homme ou une femme ?

— À quel étage on est, Babeth ?

— Est-ce qu'il est chanteur ?

— Le premier étage, c'est le dernier. Ça va durer des heures.

— Il est américain ?

— Tu ne sais même pas si c'est un homme.

— Je suis sûr qu'il est noir.

— Babeth, je vois tout noir.

— Maman, Jérémy est raciste !

— J'étouffe, Babeth, j'étouffe ! Laisse-moi sortir de la voiture, je vais m'évanouir.

Babeth ouvrit sa portière, alors que c'était interdit. Elle fit très calmement le tour de la 104 pour déverrouiller l'autre portière qui était cassée et ne s'ouvrait que de l'extérieur. Puis elle regarda Patrick d'un air que je ne lui connaissais pas avant l'arrivée de la gauche au pouvoir. Et elle lui dit :

— Si tu te plains encore une fois, c'est fini. Si tu sors de cette voiture, c'est fini. Si tu nous gâches les vacances, c'est fini.

Je félicitai intérieurement Babeth, même si je doutais que son admonestation suffise à garantir la réussite de nos vacances. Mais, contre toute attente, Patrick se mit à jouer avec nous à « Qui est-ce ? ». Et on patienta tous gaiement, jusqu'au moment où nous eûmes enfin le droit d'accéder au premier étage du parking, qui était effectivement le dernier à se remplir. Après avoir déposé nos sacs dans la cabine, on partit à la découverte du bateau. Comme je m'étonnais de voir des gens couchés par terre dans les étages inférieurs aux nôtres, Babeth nous fit un cours sur la lutte des classes. Je découvris à cette occasion qu'on faisait partie de la classe moyenne (puisque mon père avait réservé en deuxième) et le destin tragique des pauvres sur le

Titanic. J'en déduisis que les familles qui s'apprêtaient à passer la nuit deux étages plus bas, la tête mal calée sur d'immenses sacs Tati, n'avaient aucune chance de survivre en cas de problème sur notre paquebot. Et même si ce n'était pas ma faute, mais celle du capitalisme, cela me coupa l'appétit. Alors que mes parents voulaient aller au restaurant, j'exigeai qu'on monte sur le pont, au prétexte de regarder la mer en famille. Sitôt arrivée sur le pont, je penchai la tête par-dessus la balustrade et, tandis que les autres regardaient stérilement la mer – immense et noire –, j'entrepris le décompte des places disponibles dans chacun des canots de sauvetage. Canot après canot, j'additionnais dans ma tête. J'en étais à peine à deux cent cinquante – alors qu'on devait être des milliers sur le navire –, quand Patrick interpella ma mère :

— Tu sais comment elle est, Babeth !

Puis il se tourna vers moi.

— Tu n'as aucune raison de t'inquiéter, Esther. En cas de naufrage, c'est obligatoire. On sauve toujours les femmes et les enfants d'abord.

Cette idée me réjouit. Après avoir dîné, on alla tous à la discothèque du bateau. Ma mère essaya de nous apprendre la danse du ventre et Patrick réussit à se faire plein d'amis. Sur la piste de la boîte de nuit, tout le monde semblait nous connaître.

— Vous êtes les enfants de Patrick ?

— Et vous, vous devez être Babeth !

— Vous allez voir comme il est beau, le village de votre père.

Je passai une bonne partie de la soirée à tenter de faire du smurf avec Jérémy. J'essayai en vain de reproduire les mouvements au sol que mon petit frère, bien plus agile que moi, parvenait à réaliser avec une facilité déconcertante. Mais soudain, le DJ arrêta la musique. Et il annonça au micro une spéciale dédicace.

— De la part de Patrick, qui a beaucoup insisté pour qu'on le passe : *Hotel California*, pour les amoureux de Souk-Ahras ! Je vis aussitôt mon père quitter la table où il était assis, sous les applaudissements de ses nouveaux amis. Et s'empresser de courir, les bras grands ouverts, vers Babeth qui rougissait de fierté sur la piste de danse, visiblement ravie de la publicité que Patrick venait de conférer au lien qui semblait les unir. Réprimant un haut-le-cœur, j'entraînai Jérémy à ma suite dans les couloirs du bateau. On fit la course à l'étage des premières classes, qui était idéal car personne n'y dormait par terre. Quand on finit par rejoindre la discothèque, une demi-heure plus tard, il n'y avait plus personne sur la piste de danse. Toutes les lumières étaient éteintes. Et je mis un moment à comprendre que la masse indistincte que j'avais cru voir remuer au fond d'un canapé était en fait formée de deux corps enlacés. Je m'approchai assez près pour en avoir le cœur net. C'étaient bien mes parents qui se donnaient en spectacle. Et comme je manquais d'audace pour m'interposer et que l'esthétique des corps déchaînés m'avait toujours donné envie de vomir, je pris la fuite.

Je courus dans le bateau, jusqu'à perdre haleine. Je remontai les escaliers pour atteindre l'étage des premières classes et je finis par retrouver celui en colimaçon qui permettait d'accéder à la porte donnant sur le pont principal. Une fois arrivée sur le pont, je m'assis au pied de la balustrade. Et je trompai mon chagrin en faisant un nouveau décompte des places disponibles dans les différents canots de sauvetage. Quand Babeth finit par me trouver, j'avais tellement additionné, multiplié et recompté que je ne me souvenais plus du chiffre exact de vies qu'on pouvait épargner. Ma mère m'assura que ce n'était pas grave : l'essentiel, c'est qu'elle m'avait retrouvée, répétait-elle en me serrant dans ses bras, sans que je parvienne à comprendre si elle riait ou pleurait. Une fois de retour vers notre cabine, je lui demandai pourquoi elle avait embrassé mon père. Mais Babeth – qui, par souci de transparence et respect de mon intelligence, ne m'avait jusqu'à présent épargné aucune de ses contradictions – refusa catégoriquement de répondre à ma question. Tout ce que je parvins à en tirer, c'est que l'amour c'était compliqué. Me dit-elle avant d'ajouter, comme s'il se fût agi d'une excellente nouvelle, que je comprendrais quand je serais grande. Je me couchai donc un quart d'heure plus tard, déterminée à ne jamais grandir.

Le surlendemain, on débarqua enfin sur le port d'Alger. À peine sorti du bateau, mon père insista pour fouler de ses deux pieds le sol de son pays. On s'apprêtait tous à descendre de la 104, mais Patrick nous opposa un non catégorique : il faut que j'y aille seul, nous dit-il, en se dirigeant vers les autres quais car il voulait se recueillir à l'endroit où il avait embarqué, dix-neuf ans plus tôt, avec le reste de sa famille, les chemises d'Isaac, les mouchoirs en soie de Fortunée et le vase de Souk-Ahras. On le vit donc partir seul, en quête du quai numéro 8. Et revenir, une heure plus tard, d'humeur maussade.

— Ont tout refait, ces abrutis, expliqua-t-il, avant

d'annoncer à Babeth que cela ne servait à rien de passer une nuit à Alger.

Ma mère tenta de le faire changer d'avis. Mais comme Patrick semblait peu ouvert au dialogue et n'arrêtait pas de parler de la bande d'abrutis qui avaient manqué de respect au quai numéro 8, Babeth fit dans la nuit les six cents kilomètres qui nous séparaient de Souk-Ahras. Quand je me réveillai le lendemain matin, Babeth et Jérémy dormaient encore. Et j'espérai, sans trop y croire, que l'hôtel miteux où on avait fini la nuit soit doté d'une piscine. Je réveillai Babeth pour le lui demander. Dans un demi-sommeil, elle me dit de rejoindre mon père, qui avait dû descendre prendre le petit déjeuner, car elle voulait continuer à dormir. Je la réveillai de nouveau, une demi-heure plus tard, pour lui reprocher l'absence effective de piscine à l'hôtel d'Orient de Souk-Ahras. Mais cette absence l'émut nettement moins que celle de Patrick, qui, au dire du réceptionniste, était parti de très bon matin faire une promenade.

— Il aurait pu nous attendre quand même ! pesta Babeth, et je me réjouis de la voir retrouver ses esprits.

À ce moment-là j'étais loin de me douter que ce serait nous qui finirions par attendre mon père toute la journée à la réception de l'hôtel, car on n'était pas venus passer des vacances en famille pour visiter l'Algérie sans lui. Quand Patrick rentra enfin de sa promenade, il était 18 h 30. Bizarrement, il n'était pas seul. Mais accompagné d'un homme à qui il lançait des regards noirs de haine alors que ce monsieur l'avait gentiment déposé en voiture jusqu'à notre hôtel. À en croire cet homme, Patrick ne se sentait pas bien.

Si on ne sut jamais ce que Patrick avait fabriqué entre le moment où il avait quitté l'hôtel et celui où M. Mansouri l'avait retrouvé, en larmes, assis par terre dans une rue du centre-ville de Souk-Ahras, une chose était certaine : Patrick n'avait plus le goût à rien. C'est en tout cas ce qu'il répéta à Babeth pendant les quarante-huit heures que durèrent nos vacances en Algérie, puisqu'il était devenu inutile de rester plus longtemps dans un pays où nous n'aurions jamais dû venir.

20

Au retour de nos vacances en Algérie, Babeth déposa Patrick, sa valise et son goût à rien devant l'immeuble de ma grand-mère.

— C'est mieux comme ça, dit Patrick.

Et Babeth approuva du chef.

Contrairement à ses habitudes, ma mère ne nous expliqua rien. Alors j'intervins :

— Pourquoi mon père, il va chez mamie Fortunée au lieu de rentrer à la maison ?

— Écoute, ma chérie, ton père est fatigué.

— Oui, mais pourquoi il va chez mamie Fortunée au lieu de rentrer à la maison ?

— Je n'ai pas à te l'expliquer, Esther. Ce sont des affaires de grands.

— Je crois que, s'il va chez mamie Fortunée, ça veut dire que vous allez divorcer.

— Écoute, Esther, je suis fatiguée. Et je t'ai déjà dit que c'étaient des affaires de grands.

— Vous allez divorcer ?

— Esther !

— Moi, je comprends que tu sois fatiguée.

— Esther, dernier avertissement.

— À ta place, je serais fatiguée aussi.
— Esther !
— Parce qu'il est quand même fatigant.
— Esther, tu arrêtes maintenant !
— D'accord, j'arrête. Mais tu sais ce que je ferai, moi, quand je serai grande ?
— Non, ma chérie, dis-moi.
— Ce sont des affaires de grands. Mais comme je suis sympa, je te le dis quand même…
— Merci, Esther, tu es trop bonne.
— Eh bien, moi, quand je serai grande…
— Je t'écoute, Esther.
— Et que j'aurai un mari fatigant…
— C'est obligatoire ? demanda Jérémy.
— Tu ne vas pas recommencer, Esther !
— Non, je ne recommence pas, maman. C'est pour que tu imagines la situation.
— Merci, Esther, mais ça suffit maintenant.
— Tu ne veux pas savoir ce que je ferai ?
— Je t'ai déjà dit non.
— Moi, ça m'intéresse de savoir, signala mon frère.
— Jérémy, tu ne vas pas t'y mettre aussi.
— Je le dis à Jérémy, alors. Moi, quand je serai grande, je divorcerai, maman !

Dès le lendemain, nos vraies vacances commencèrent. Et j'acquis, au fil des jours, la certitude de quelque chose que j'avais toujours pressenti : je n'avais pas une, mais une infinité de mères.

La première de mes mères assurait que Patrick était hypersensible.

La deuxième de mes mères raconta à la sienne – qui l'appelait une fois par mois pour prendre des nouvelles – qu'on venait de passer d'excellentes vacances en Algérie.

La troisième de mes mères était du même avis que ma tante Josiane, qui estimait que mon père était insupportable. Je le savais parce que j'avais désormais un téléphone dans ma chambre, que je décrochais chaque fois que Babeth était en ligne. J'adorais entendre ma mère surenchérir avec ma tante paternelle. Babeth disait : « Tu te rends compte » et Josiane avait toujours un « Tu te rends compte » de pire à ajouter au discrédit de son pousse-au-crime de frère. Après avoir dit pis que pendre de cet énergumène, Josiane promettait de rappeler le lendemain car elle devait préparer à dîner pour mon oncle Pierre. Mais juste avant de raccrocher, ma tante ne manquait jamais de s'assurer qu'elle et Babeth étaient d'accord sur l'essentiel : il était impossible d'abandonner le père – même insupportable – de ses enfants.

La quatrième de mes mères nous emmena nous promener sur la Canebière, alors que Patrick – en cela parfaitement d'accord avec la mère d'Agnès Robert – soutenait que ce n'était pas un endroit pour les enfants. On alla aussi se baigner au Prophète et se promener dans les ruelles malfamées du cours Julien. Lors d'une virée en centre-ville, Babeth célébra en grande pompe l'absence de liste matinale. Et renoua avec les joies du surendettement, en achetant à crédit la collection complète de l'encyclopédie Universalis, que je réclamais depuis des mois. Le soir même, j'invitai Babeth et Jérémy à la cérémonie d'inauguration d'une nouvelle section de ma bibliothèque, que ma mère me conseilla judicieusement d'intituler « FONDS

DOCUMENTAIRE ». Et je passai une bonne partie de la nuit à contempler, assise en tailleur sur le sol de ma chambre, le tout harmonieux formé par la somme des dix volumes de l'Universalis, rangés par ordre alphabétique sur l'étagère du bas.

Ma cinquième mère invita Gilles le chevelu et Suzanne la lesbienne à dîner à la maison. Cela faisait déjà cinq nuits que mon père était parti habiter chez ma grand-mère lorsque les amis de Babeth débarquèrent dans notre appartement, les bras chargés de bière. Au cours de la soirée, personne ne parla de Patrick. Et quand Babeth chanta *La Révolution permanente* à pleins poumons, en duo avec Gilles qui souriait de toutes ses dents, je me dis qu'en dépit de ses cheveux longs et de son passé de délinquant ce géant de presque deux mètres aurait fait un excellent nouveau mari pour ma mère. À la fin de la soirée, on monta tous à la piscine. Et Babeth, Gilles et Suzanne sautèrent dans l'eau tout habillés, alors que c'était interdit.

Ma sixième mère se relevait toutes les nuits pour fumer des cigarettes sur notre balcon. Mais je n'étais pas certaine de ce que ça voulait dire.

Alors que je rêvais de la voir ressembler au tout plus que parfait que formait la somme des parties de mon encyclopédie, l'addition de mes mères manquait cruellement d'harmonie. Car Babeth accepta d'aller boire un verre avec Patrick, une semaine jour pour jour après notre retour d'Algérie. Moins de deux heures plus tard, elle rentrait radieuse. Derrière elle se tenait mon père, pareillement ravi.

— Regardez, les enfants ! nous annonça Patrick en

brandissant le vase de Souk-Ahras. Ce que Fortunée m'a donné pour me guérir du goût à rien.

Jérémy regarda le vase d'un air circonspect. Et je compris que mon père était parfaitement rétabli quand je le vis faire dix fois le tour de notre salon en quête de l'emplacement idéal pour installer le vase des origines.

21

En septembre, je fis mon entrée en sixième au collège Monticelli. Comme la foi m'avait abandonnée peu de temps après Agnès Robert et qu'il était impossible que Jérémy fréquente de nouveau le même établissement que moi, car nous avions trois ans d'écart mais désormais cinq classes de différence, Babeth m'avait inscrite dans le public, sans imaginer que les élèves de ce collège gratuit et laïc n'auraient rien à envier à mes ex-camarades de classe. Car si mon école Jeanne-d'Arc était située à deux pas du rond-point du Prado, quartier sans âme apprécié des classes moyennes, Monticelli, c'était comme le 16e à Paris ! C'est en tout cas ce qu'assurait Patrick, qui avait l'air ravi que je fraye avec l'élite. Car depuis que mon père était devenu sous-directeur de son agence bancaire, son ancrage à gauche se faisait chaque jour plus théorique.

Le collège Monticelli était situé dans les hauteurs de Périer. Et la plupart de mes camarades de classe, persuadés d'avoir le monde à leurs pieds. À leur contact, je découvris qu'on pouvait être de droite sans aller dans le privé, vivre à l'hôtel sans le payer quand il était particulier et que mes chances de m'intégrer sans mentir, alors que Babeth refusait de m'offrir le sac Longchamp qu'arboraient en bandoulière la plupart des élèves du collège, étaient encore plus minces qu'à Jeanne-d'Arc. Pour ne rien arranger, je mesurais une vingtaine de centimètres de moins que certains élèves de ma classe. Car non contente d'avoir sauté le CM2, j'étais née un 25 décembre. J'avais donc au bas mot un an de moins que les autres. Et presque trois ans d'écart avec les élèves cumulant une naissance dans le premier trimestre et un redoublement dans leur scolarité.

Ma rencontre avec Manuela Abkarian, trois semaines après la rentrée, fut donc providentielle. À la sortie du collège, je surpris cette petite brune, grassouillette et mal habillée, en train de hurler sur une dame obèse qui ne pouvait être que sa mère :

— Tu veux me ficher la honte, c'est ça ? Non, mais dis-le ! Vas-y, dis-le !

Et je tombai instantanément sous le charme.

Grâce à Manuela Abkarian, je jurai bientôt comme une poissonnière et commençai à m'émanciper de la tutelle de Babeth : je lui interdis moi aussi l'accès au collège après qu'elle fut venue me chercher un soir d'automne, vêtue d'une minijupe en daim ridiculement courte et d'un body en dentelle. Mon amie et moi, on prit vite l'habitude de faire le chemin ensemble à la sortie des cours jusqu'à mon domicile, où sa mère passait la prendre, à l'abri des regards et avant l'arrivée de mon père, tous les soirs à 18 h 50. Si Manuela et moi détestions chacune un de nos parents, nous n'avions pas du tout la même façon de le faire. Alors que j'avais toujours eu l'animosité sérieuse, Manuela haïssait avec décontraction. J'adorais l'entendre glousser en parlant de celle qu'elle refusait d'appeler autrement que sa génitrice. Ou la voir sans complexe se mettre à quatre pattes, mugir d'une voix débile et me demander ensuite : « T'as reconnu ma mère, Esther ? » Je la connaissais peu mais sus bientôt tout d'elle. Puisque Manuela, qui avait d'incontestables talents d'actrice, ne manquait jamais une occasion de singer sa génitrice. Je savais ses seins lourds et ses hanches d'obèse. Je savais sa moustache qui pique – d'autant plus que Manuela avait exactement la même –, son accent arménien et son horripilante manie de récurer les assiettes avant de les ranger, parfaitement propres, dans le lave-vaisselle.

Un jour, mon amie me confia l'origine de sa colère à l'égard de sa mère : elle l'avait surprise, à la fin de l'été passé, au lit avec un autre homme que son père ! Il n'en fallut pas plus pour que Manuela devienne mon héroïne. Je crus reconnaître en elle l'enfant victime que je rêvais de rencontrer depuis toutes ces années ! La vie de mon amie me parut si sordide que je me sentis pousser des ailes. Et, pour la première fois depuis que j'avais entamé ma scolarité, j'envisageais de pouvoir avoir une amie sans être obligée de lui mentir. Je profitai bientôt de notre tête-à-tête quotidien dans ma chambre pour lui confier ce que j'avais toujours considéré comme une succession d'infamies. Je commençai sur la pointe des pieds, en dévoilant le vrai salaire de Babeth. Mais Manu n'y trouva rien à redire, sans doute parce que ses parents, un couple hispano-arménien, propriétaire d'une épicerie du côté de Mazargues, ne roulaient pas plus sur l'or que les miens. À mon grand étonnement, mon amie ignorait que les fonctionnaires étaient tous des feignants. Et le statut de Babeth lui parut bien moins infamant que le penchant de la sienne – qui s'avéra être une multirécidiviste – à faire l'amour avec n'importe qui. Désespérant d'impressionner Manuela, je finis par lui avouer un soir qu'on était de gauche. Et comme ça ne suffisait toujours pas à la faire fuir, je dévoilai, rouge de honte, les tenants et les aboutissants de ce choix politique. Je virai au cramoisi quand Manu me fit répéter trois fois que tout le monde se baladait à poil dans ma famille. En guise de verdict, elle éclata de rire. Mais me fit quand même promettre de ne jamais l'inviter à dormir. Dopée par sa franchise, je me risquai dès le lendemain à évoquer les disputes de mes parents. Et Manu m'écouta, le plus sérieusement du monde, tandis que je lui balançai en vrac : leurs assiettes sur les murs, son vase à la con, ses listes matinales, nos longues soirées Jacques Brel et les conséquences sur mes dernières vacances de la disparition de l'Algérie française. Et c'était si bon de pouvoir partager enfin tout le mal que je pensais de mon père – puisque Babeth ne partageait mes vues à son sujet que par intermittence et que Jérémy nourrissait à son égard une crainte mêlée d'affection qui m'était complètement étrangère –, que j'en oubliai un instant Manu, qui finit par me dire :

— Esther, j'y comprends rien, tu vas trop vite !

Lorsqu'elle m'interrompit, je pensai avoir échoué à lui expliquer la façon si particulière que mon père avait de nous gâcher la vie. Mais il n'en était rien : Manu souhaitait juste que je reprenne tout, depuis le début. Alors je repris. Et quand je parvins à lui chanter, dans un débit presque aussi inquiétant que celui de Patrick, le refrain du chant de ménage qui me réveillait depuis l'enfance tous les samedis matin, mon amie adhéra complètement à mon projet de parricide. Mais comme Manu Abkarian était bien plus pragmatique que moi, elle me convainquit d'attendre quelques années avant de le mener à bien. Selon elle, il suffisait d'assassiner quelqu'un la veille de ses dix-huit ans pour échapper à la prison.

Si Babeth ne surprit jamais la moindre de mes conversations avec Manuela, elle n'eut pas besoin de ça pour trouver mon amie insolente. Et, au motif que Manuela s'obstinait à dire trois « Non, merci » avant d'accepter les pains au chocolat que ma mère lui proposait systématiquement lorsqu'il lui arrivait de nous déposer au collège en voiture, alors que cette pratique hypocrite était formellement interdite dans notre famille, elle décréta que Manuela Abkarian n'était pas digne de confiance. Mais aux grands discours de Babeth, je préférais désormais le pragmatisme de ma nouvelle amie. Qui nous sauva la mise quand survint le premier incident lié au vase de Souk-Ahras.

22

Comme l'ensemble du mobilier constituant l'aménagement intérieur de notre appartement, le vase de Souk-Ahras avait une place précise au sein de notre trois pièces. Et il n'est sans doute pas inutile de rappeler les paroles du chant de ménage de Patrick, qui régissait l'ordre au domicile des Dahan et auquel cet ornement se conformait parfaitement :

Si chaque chose a une place, chaque chose est à sa place
Quand chaque chose a sa place, on sait où sont les choses

L'ensemble de la famille savait donc que la place échue au vase de Souk-Ahras, depuis qu'il avait déserté le meuble de télévision de mes grands-parents pour rejoindre notre appartement, se situait : sur la moquette écrue du salon. Et plus précisément devant la chaîne hifi, qu'il était impossible d'allumer sans manquer de le faire tomber. Par chance, nous écoutions rarement de la musique chez les Dahan. Et c'était toujours Patrick qui se chargeait d'allumer la chaîne quand nous le faisions. Il commençait par mettre l'aspirateur en route, puisqu'il n'écoutait de la musique que lorsqu'il passait l'aspirateur, avant de s'approcher du tourne-disque. D'une main experte, périlleusement glissée entre la chaîne hifi et le vase de Souk-Ahras, il appuyait ensuite sur le bouton on/off. Les plaintes de Serge Lama, qui l'accompagnaient systématiquement lors de sa session de ménage du samedi matin, se mêlaient alors au vrombissement de la machine. Ça faisait des « vroum » et d'horribles sons métalliques – lorsque l'aspirateur avalait une pièce de monnaie ou une épingle à nourrice qu'on avait laissées tomber un jour sur la moquette –, mélangés à des « Je suis malade » et des « Cocu mais content ».

Mais un soir, peu après être rentrée du collège avec Manuela et Jérémy et alors qu'il était impossible que mon père soit déjà de retour à la maison, j'entendis un son qui me fit tout de suite craindre le pire :

« T'es OK. T'es bath. T'es in. »

Je reconnus sans hésiter le refrain du tube de l'été. Mais ce n'était pas le problème. Le problème, c'est que la musique provenait de notre chaîne hifi. Je filai aussitôt dans le salon, suivie par Manuela.

— Je vais te tuer ! dis-je à Jérémy, qui était en train de danser comme si de rien n'était.

À ses pieds gisait le vase de Souk-Ahras, miraculeusement intact. Mais la terre natale de Patrick et de mes grands-parents était entièrement répandue sur la moquette.

— Jérémy, ne bouge plus ! ordonnai-je à mon frère qui continuait à piétiner Souk-Ahras.

— C'est grave ? demanda Manuela.

— Très grave, dis-je en regardant Jérémy, et en me maudissant d'avoir accepté de le garder à la maison jusqu'au retour de Babeth.

— Je ne l'ai pas fait exprès ! protesta mon frère.

J'eus vraiment envie de le tuer en constatant qu'il avait la plante des pieds noire de terre.

— Manu, vérifie qu'il ne bouge plus ! demandai-je à Manuela avant de filer appeler Babeth à son travail.

Ensuite, on appliqua à la lettre les instructions de ma mère : avec Manuela, on souleva mon frère. Et on le fit asseoir sur le canapé du salon, en lui interdisant de poser les pieds par terre jusqu'à ce que Babeth rentre à la maison.

Il était déjà 18 heures quand Babeth arriva. Sans autre préambule, elle dégaina l'aspirateur, aspira les pieds de mon frère et le reste de Souk-Ahras sur la moquette, dans l'espoir de récupérer ensuite dans le sac (de l'aspirateur) la terre natale de la famille Dahan et de la remettre à sa place. Quand ma mère éventra le sac, je vis son visage s'assombrir. Et si elle s'obstina à extraire une à une les pièces de monnaie et les épingles à nourrice avalées au fil des mois par notre aspirateur, il ne resta bientôt au fond du sac qu'un amas de cheveux et de poussière, impossible à confondre avec la terre de Souk-Ahras. C'est à ce moment-là que Manu se permit d'intervenir.

— Excuse-moi, Babeth, mais elle venait d'où, la terre ?

J'allais bêtement répondre qu'elle venait de Souk-Ahras, mais Babeth sembla comprendre où Manuela voulait en venir.

— Sous un figuier, je crois, répondit Babeth. Oui, c'est ça ! Il y avait un figuier dans leur jardin !

Tandis que, conditionnée par des années de fréquentation assidue de Patrick, résonnait en boucle dans ma tête : creusé à mains nues dans le jardin toute la nuit avec Papy avant de prendre le bateau, veille du grand voyage.

Il était 18 h 30 quand Manuela me demanda :

— Bon, il rentre à quelle heure, ton père ?

Puis elle se tourna vers Babeth et lui dit :

— Heureusement que vous habitez en face du parc Chanot.

Sur ces mots, on quitta l'appartement en trombe. On traversa le rond-point du Prado et on franchit en moins de cinq minutes les grilles du parc, qui fermait juste avant l'arrivée de mon père, à 19 heures. On n'y trouva pas de figuier. Mais la terre qu'on parvint à dénicher aux abords des platanes nous parut faire parfaitement l'affaire.

Au fil des années et des renversements de vase – qui se produisirent d'autant plus fréquemment qu'on savait désormais que ce n'était pas si grave –, on procédait toujours de la même façon. C'est ainsi que le parc Chanot devint notre Algérie française. Que Patrick ne connut pas le chagrin. Et que nous évitâmes longtemps ses représailles.

23

Je fêtai mes onze ans en classe de cinquième. Et mesurais désormais vingt à trente centimètres de moins que mes camarades de classe. Mais notre différence de taille était, depuis la rentrée, le cadet de mes soucis. Car il n'était désormais plus possible de se voiler la face : j'étais une des rares élèves de cinquième à avoir échappé aux ravages de l'adolescence. Chaque jour, j'observais avec effarement les formes de mes camarades s'arrondir. Des bretelles de soutien-gorge apparaissaient en transparence sous leur T-shirt et d'étranges emballages fleuris passaient devant moi, de main en main, tandis que je faisais la queue dans les toilettes des filles du collège Monticelli. Et j'avais eu un mal fou à masquer mon dégoût lorsque ma voisine de pupitre avait évoqué devant moi ses premières menstruations. Tous les soirs, avant de me coucher, je guettais sur mon propre corps les traces naissantes de cette puberté que je redoutais avec une angoisse féroce. Je me tâtais les tétons, en les pinçant de toutes mes forces pour m'assurer qu'ils ne me feraient jamais mal. Et j'étais ravie de voir mes jambes – droites et fiables comme des *i* – refuser de s'incurver. J'avais toujours du duvet sur les cuisses. Et pas le moindre bouton d'acné. De ces indices accumulés, je tirais chaque nuit la même conclusion : il n'y avait aucune raison d'imaginer que ce qui était arrivé aux autres allait finir un sale jour par me tomber dessus.

Je n'avais jamais osé aborder ces choses-là avec Manuela. Mais comme elle paraissait ne pas avoir de poitrine et ne s'était jamais vantée devant moi d'être dispensée de cours de gym, j'imaginais naïvement qu'elle était dans le même camp que le mien. D'autant plus que Manu ne présentait aucun des symptômes dont semblaient affligées le reste des filles du collège, depuis que la puberté avait pris possession de leur corps : Manuela Abkarian n'avait jamais évoqué la moindre envie de tourner stupidement sa langue dans la bouche de quiconque. Et je ne l'avais jamais entendue glousser pendant un cours de biologie. Je n'avais donc aucune raison de supposer que Manu feignait, depuis des mois, d'être encore une enfant. Jusqu'au jour où je tombai nez à nez avec elle, dans la salle de bains de la famille londonienne qui nous logeait lors d'un voyage scolaire en Angleterre. Le hasard et l'absence de loquet firent qu'on se retrouva, une demi-seconde, sexe contre sexe après que je l'eus percutée tandis qu'elle sortait de la douche où je voulais entrer. Si le rapprochement entre nos sexes fut de courte durée, puisqu'on mit moins d'une demi-seconde à se les démêler, la vision de sa toison de femme, éphémèrement juxtaposée à mon pubis de petite fille, m'arracha un cri d'épouvante : c'était comme si mon sexe à moi, au contact de ses poils à elle, avait vieilli en un clin d'œil ! J'étais tellement sous le choc que je me figeai sur place. Et j'ignore combien de temps je suis restée plantée là, nue sur le carrelage froid, à dévisager son sexe, avant de lui hurler :

— Menteuse ! C'est dégueulasse ! Tu as plein de poils !

Manuela me traita de malade : bien sûr qu'elle en avait. Puis mon amie osa insinuer que c'était par jalousie que je la critiquais. Quand je l'entendis m'accuser de rêver d'en avoir un jour autant qu'elle, c'est moi qui crus rêver. Alors que j'avais toujours considéré la féminité comme un aveu de faiblesse et les poils sur le sexe comme les premiers stigmates d'une mise en danger, Manuela pensait tout le contraire. Mais elle échoua ce soir-là à me rallier à ses vues. Et si je l'écoutai d'une oreille distraite tenter de me convaincre, ce fut exclusivement pour nous rabibocher.

En rentrant de mon voyage scolaire, j'informai Babeth de la situation :

— Elle a des poils, Manuela. Après la douche, je l'ai percutée. Des poils comme toi, je te promets, dis-je à ma mère, en rêvant de l'entendre en retour me promettre que je n'en aurais jamais.

Mais, au lieu de cela, Babeth s'installa à côté de moi, au pied de mon lit. Et tout en me caressant les cheveux, elle m'expliqua que ma vie ne faisait que commencer. Selon ma mère, il était parfaitement normal que Manu ait des poils. D'ailleurs elle avait remarqué que mon corps aussi était en train de changer. Je n'avais donc aucune raison de m'inquiéter. Je me mis à pleurer. Dans l'espoir de me calmer, Babeth changea de sujet. Et elle se mit à détailler l'ensemble des délices associées à ma future pilosité. Comme si je n'en avais pas déjà assez entendu à son sujet, elle crut bon de me rappeler l'existence du photographe : tu sais, la première fois, Esther... Mais je n'entendis pas la suite car mes sanglots avaient redoublé. Alors Babeth se tut enfin. Je pensais qu'elle avait compris ce qui me tracassait et je commençais à sécher mes larmes. J'étais sur le point de me lever de mon lit afin de déballer le contenu de ma valise quand ma mère abattit sa dernière carte :

— Tu sais, Esther. Je ne te l'ai jamais dit. Mais quand j'étais à l'internat, je suis tombée amoureuse d'une...

Je parvins miraculeusement à m'épargner la suite en me bouchant les oreilles.

Le soir venu, je passai de longues minutes dans ma chambre à observer mon sexe de petite fille. En songeant que le talent de Babeth pour exacerber l'angoissc que provoquait chez moi l'apparition des premiers attributs sexuels était chaque jour plus sidérant. La raison pour laquelle je refusais de grandir me paraissait évidente. Et je me demandais pourquoi ma mère n'avait toujours pas compris qu'en évitant de devenir adulte, j'entendais me mettre à l'abri d'une vie comme celle que Patrick lui faisait mener.

24

Car si Babeth et la moitié du peuple de France avaient pu, trois ans plus tôt, réellement imaginer que la vie allait changer, Patrick, lui, ne changeait pas : il empirait. Non content d'avoir conservé l'ensemble des habitudes qui minaient quotidiennement notre vie de famille, il se mit, au début de ma quatrième, à mourir deux ou trois fois par mois.

Les signes avant-coureurs de la mort de mon père étaient presque toujours les mêmes : une ambiance tendue au dîner, suivie d'un silence suspect autour du clic-clac du salon, brisé vers 2 heures du matin par l'imminence de la fin.

— Babeth, appelle le Samu, commençait-il par supplier.

— Je sens mon cœur qui s'en va, s'énervait-il en constatant que ma mère dormait encore.

— Cette fois-ci, c'est la bonne, hurlait-il en la secouant.

Il se levait ensuite pour emprunter le couloir qui menait à nos chambres et crier d'une voix déchirante :

— Tu diras au revoir aux enfants !

Le visage bouffi de sommeil, nous convergions à son

chevet. On s'agglutinait autour de son corps, étendu sur le clic-clac du salon. À l'extrémité du matelas, la couette gisait en boule, diffusant une odeur de sueur et de mauvais présage. Souvent, mon frère pleurait. Moi, ça ne me faisait rien, à part une interruption dommageable dans mon rythme de sommeil et l'effet d'imaginer qu'un jour ce serait vrai.

Une fois qu'on était tous réunis pour l'entendre, Patrick répétait :

— Ah, Babeth, je pars. Je le sens. Oh... je pars.

Chaque fois un peu plus fort, il répétait :

— JE PARS !

Et ne partait JAMAIS. Entre chacun de ses départs, il posait sur son cœur la main moite de mon frère, à qui j'avais essayé d'expliquer – sans y parvenir car il était trop jeune – qu'il ne fallait plus s'inquiéter. Moi, je ne m'approchais pas, tout cela me dégoûtait. Pourtant, il essayait :

— Ma fille. Ma petite fille chérie. Je pars.

Et chaque faux départ m'agaçait davantage. Pendant que Jérémy lui passait un linge mouillé sur le front, Babeth tentait de joindre le Samu. C'était bien plus facile en semaine que le week-end. Comme Patrick exigeait aussi qu'on prenne son pouls, j'étais souvent contrainte de m'y coller pour soulager ma mère qui, une fois en ligne avec l'opératrice du Samu, devait encore parvenir à la convaincre que cette fois-ci était vraiment la bonne. Nous connaissions par cœur tous les symptômes : douleur diffuse dans le bras gauche, sudation extrême, oppression de la cage thoracique, sensation d'écrasement au niveau du sternum. En ligne avec l'opératrice, Babeth égrenait ces souffrances comme un argumentaire. Tandis qu'elle pleurait au téléphone, je souffrais de la voir s'humilier pour une cause perdue. Aussi lassés que moi de nos veillées mortuaires bimensuelles, les secours refusaient désormais d'intervenir chez les Dahan. Babeth pourtant insistait, coachée par mon père qui, depuis le clic-clac, lui soufflait de meilleurs symptômes.

— Allez, Babeth ! Dis-lui que je suis paralysé du bras. Dis-lui à cette connasse. Putain, Babeth ! Le bras.

— Madame, le bras ! s'exécutait Babeth entre deux longs sanglots, qui échouaient à couvrir dignement les hurlements de mon père.

J'en avais parfaitement conscience : Babeth pleurait de trouille. Et un soir, alors que je tenais, toujours coincé entre le pouce et l'index, un bout du bras de mon père pour y prendre son pouls, je ne pus m'empêcher de me demander qui, de Patrick ou de sa mort, faisait désormais le plus peur à ma mère. J'en étais venue à envisager que ma mère puisse aussi pleurer de honte, voire de peur et de honte à la fois, quand un « Esther, combien ? Putain, Esther, combien ? » – la voix du bras de mon père en personne – me rappela à l'ordre.

Alors un ange passa. Il était nu comme mon frère qui, dans un formidable élan de solidarité, se mit à pisser sur la moquette pour faire diversion. Il n'en fallut pas plus pour que Patrick, dans un sursaut de vie, bondisse du clic-clac. File dans la cuisine en bottant au passage les fesses de Jérémy. En revienne armé d'une éponge. Et s'installe ensuite à côté de la flaque, à même la moquette, pour la frotter de son bras gauche. De l'autre main, il arracha le combiné de l'oreille de Babeth.

— Bonjour, madame, c'est moi qui vais très mal, annonça-t-il à l'opératrice d'une voix souffrante.

Tout en frottant de l'autre bras.

— Ma femme me dit que vous ne la croyez pas, poursuivit-il menaçant.

Tout en frottant, toujours plus fort, de l'autre bras.

— Puis-je noter votre nom, madame ?

— …

— Passez-moi votre hiérarchie !

— …

Il n'y avait plus l'ombre d'une flaque sur la moquette lorsque l'opératrice du Samu raccrocha au nez de mon père. Il continua pourtant à frotter vigoureusement, à frotter des deux bras sans relever la tête tandis que ma mère, Jérémy et moi nous éclipsions discrètement. De la mort de mon père survenue ce soir-là, il ne resta au matin qu'un trou dans la moquette du salon.

25

L'été qui précéda le drame de Souk-Ahras ne ressembla pas aux autres. J'ignore si c'est par respect pour ma puberté naissante que nous ne séjournâmes pas, en août 1984, au camp naturiste de Port-Grimaud. Ou si, imitant Mitterrand – que Babeth accusait d'avoir trahi son camp –, Patrick avait fini par basculer à droite. Ce qui est sûr, c'est qu'au lieu de Port-Grimaud, ses hippies vieillissants, sa supérette nudiste et ses verges ridées, pendouillant au niveau des étals de tomates, mon père décida de nous emmener tous au Club Med. Contre toute attente, mon frère trouva dans le Club Med une formidable source d'épanouissement. La source en question s'appelait Alain Chenet et enseignait le judo aux enfants du Mini Club. On ne sut jamais comment Alain s'y prit avec Jérémy. Mais l'envoûtement commença dès le premier cours de judo. Quand Alain Chenet donnait une instruction, mon frère l'écoutait. Et un simple regard de ce type suffisait à décourager Jérémy de toute velléité d'indiscipline. Patrick ne comprenait pas pourquoi ce type qui ne criait jamais et n'aurait pas fait de mal à une mouche avait de l'autorité sur son fils. Mais Babeth ne se fatigua même pas à le lui expliquer.

Et je me réjouis de voir, pour la première fois de sa vie, mon frère, qui allait avoir dix ans, si épanoui.

Au rayon réjouissances, ce fut à peu près tout puisque je passai notre semaine de vacances dans l'humeur maussade qui était devenue la mienne depuis que j'avais des poils où je n'en voulais pas. J'avais également besoin d'un soutien-gorge, que je me refusais à porter alors que Babeth, qui n'en avait jamais utilisé jusqu'à ses trente-quatre ans, s'était mise à le faire dans l'espoir que je l'imite. Mais ma principale préoccupation pendant cette semaine de plage, outre de parvenir à cacher mon corps, était d'éviter mon père. Car il n'avait pas fallu plus de quarante-huit heures à Patrick pour devenir la star du village. Il arpentait les allées de bungalows, chemise ouverte, toison virile en évidence, poils parsemés de jasmin, porté en fleurs autour du cou. Allait chercher Sandrine la dépressive dans sa cahute. Passait prendre les Boutet – un affreux couple de VRP, qui parlait commissions et déduction des frais professionnels à hauteur de 20 % du CA jusque sur leurs serviettes de plage – à la fin de leur cours quotidien d'aérobic. Il y avait aussi Maurice Darmon, un franchisé Renault, originaire du Mans, avec qui Patrick, qui n'avait pas le permis, parlait moteur et carrosserie tous les matins au bord de la piscine. Mais la palme revenait sans doute à Corinne la pharmacienne, une veuve rousse et pas farouche qui riait goulûment aux blagues de mon père.

L'après-midi, il nous obligeait à nous rendre « en famille » sur la plage du Club Med, avec ses nouveaux amis. Après avoir piqué une tête – car il se baignait, désormais –, mon père les entretenait avec bonheur de ce qu'il osait appeler devant nous ses « petites manies ». Suant dans sa chemise à fleurs, il évoquait le scénario de nos veillées mortuaires. Et je l'écoutais, médusée, se mettre à parler de lui à la troisième personne. Car Patrick ne se contentait plus d'être Patrick. Sur la plage du Club Med, il devenait le plus grand malade de la terre. Maurice Darmon n'en revenait pas : « Non, Patrick, tu déconnes ? » Et Corinne gloussait de plus belle, sans doute parce qu'elle trouvait mon père drôle à mourir quand il se mettait à décrire le mode opératoire de ses crises d'hypocondrie, le recours systématique à de nouveaux symptômes et les réactions de Babeth. « Je te jure, Corinne ! » assurait-il, car c'était effectivement incroyable. « Chaque fois, je lui fais appeler le Samu ! » Quand il avait fait le tour de ses trépas imaginaires, il embrayait sur son vertige. Puis racontait sur un ton badin nos vacances en Algérie. Un soir, il alla jusqu'à narrer par le menu une dispute avec ma mère, tandis que je rêvais d'étrangler Corinne qui n'en finissait pas de trouver cette histoire-là irrésistible. Pour être sûr de ne jamais perdre l'attention de ses nouveaux amis, Patrick savait se montrer créatif. Il était capable de sauter de sa serviette, puis de se mettre à courir en direction de la mer en hurlant à pleins poumons : « Vous avez vu, Alain Delon ! » sous les hourras de son public. Et tandis que Maurice Darmon trouvait que ce n'était pas banal d'avoir une vie si riche, je ne comprenais pas pourquoi Babeth, allongée sous le parasol, assistait à tout cela sans bondir.

La nuit du 24 août 1984, Patrick fit ses débuts, avec un vrai public, à l'amphithéâtre « Nuit orientale » du village club Yasmina. Je me souvins longtemps de la date puisque mon père, qui n'était pourtant pas le seul participant de l'atelier de théâtre, avait réussi l'exploit de faire imprimer puis coller sur les murs de l'espace restauration, du snack de la piscine et même sur les bambous de la paillote de la plage une affiche annonçant les date, lieu et heure de SON spectacle. Il y avait aussi son nom, marqué en très grosses lettres sur l'affiche. Et une photo de lui, déclamant seul sur scène en djellaba bleu ciel. Le soir venu, on dut donc aller en famille écouter radoter mon père. Pour la cinquante-sixième fois de ma vie, je l'entendis chanter « Nous étions deux amis et Fanette m'aimait », « Les bourgeois, c'est comme les cochons » et « Dans le port d'Amsterdam ». À l'inverse de ce qu'il faisait systématiquement lors du visionnage en léger différé de ses représentations domestiques, il n'interrompit pas le spectacle ce soir-là pour nous demander :

— T'as aimé, hein, Esther ?

— Alors, Jérémy, ça t'a plu ?

— Babeth ? Putain, dis-moi, Babeth !

Puisque le public du Club Med l'applaudissait poliment après chaque chanson. Et qu'il n'avait d'yeux que pour Corinne. Je crus mourir de honte quand il passa aux poèmes et osa me dédier, devant toute l'assemblée, celui qui commençait par « Une larme a coulé » (« Sur les joues d'une enfant / Au bien mauvais moment »), composé pour sa fille il y a presque treize ans.

Peu après, Babeth quitta l'amphithéâtre. Elle ne le vit donc pas traîner sur scène un bon quart d'heure à l'issue de son show alors que c'était au tour des autres membres du club théâtre de l'investir enfin pour jouer leur spectacle. Ni déserter le lieu de la représentation à peine furent-ils montés sur scène. Mais moi je le suivis, d'autant plus que Maurice, Corinne et toute la clique avaient fait de même. Ils devaient être une bonne dizaine, rassemblés autour de lui, au bord de la piscine. Corinne lui tendit un sac. Et je le vis s'asseoir sur un transat, une table basse à ses pieds. Comme je m'étais cachée et qu'il faisait nuit, je mis un moment à comprendre ce qu'il se passait. Et pourquoi toutes ces personnes faisaient désormais la queue devant mon père. Planquée derrière un matelas gonflable, j'assistai, effarée, à la première séance de dédicace de Patrick. Il extrayait du sac, déposé à ses pieds, un livre dont je finis par reconnaître la couverture rouge et or, avant de le parapher pour chacun de ses disciples. J'ignore comment Corinne s'était procuré ce stock de recueils de poèmes, publiés à compte d'auteur par mon bonimenteur de père. D'autant qu'il nous avait toujours juré n'en avoir conservé qu'un seul exemplaire. Je le vis ce soir-là en signer une dizaine. Et finir par celui destiné à Corinne, à qui il semblait avoir une tonne de choses à écrire.

Je me mis à pleurer de rage. Mais j'attendis d'avoir séché mes larmes pour rejoindre Babeth et tout lui raconter. En arrivant devant notre bungalow, je la vis qui fumait, sur notre terrasse, le regard étrangement vide. Elle ne sembla même pas m'entendre arriver. Et quand il lui fut impossible d'ignorer plus longtemps ma présence, elle se contenta de me demander :

— Le spectacle est déjà fini, ma chérie ?

À ce moment-là, je compris qu'on ne quitterait jamais Patrick. Et qu'il était conséquemment improductif de briser davantage le cœur de ma mère.

26

Il paraît que qui peut le plus peut le moins. Et que le mieux est l'ennemi du bien. Il paraît plein de proverbes que ma mère, qui se méfiait de ce genre d'adages comme de la peste et eût préféré mourir que de se mettre à parler un jour comme mamie Fortunée, ne m'a jamais inculqués. Il n'en demeure pas moins que c'est du fait d'un excès de zèle que chez nous tout s'effondra.

Il faut dire que nous n'avions jamais envisagé que cela puisse être Patrick qui renverse lui-même le vase de Souk-Ahras. Jamais supposé, quand bien même il eût pu le renverser comme il le fit ce lendemain de réveillon de Noël – qui était aussi le jour de mon anniversaire –, qu'il se risque à nous informer de cette maladresse. Car il était parfaitement entendu dans la famille que les seules personnes à pouvoir le faire tomber – raison pour laquelle nous maintenions en présence de Patrick une distance de sécurité vis-à-vis de la chaîne hifi, que ma mère ne se risquait courageusement à allumer qu'en son absence – étaient, par ordre de probabilité : mon frère, Babeth et moi (qui étais la moins la maladroite des trois).

J'étais en train d'écouter Lio sur le walkman qu'on

m'avait offert la veille au soir quand Jérémy fit irruption dans ma chambre. Je ne compris pas tout de suite ce qu'il racontait car retentissait à plein volume dans mes oreilles le refrain de ma chanson préférée : « Mon vieux t'es un connard / Avec un grand C / Fallait pas commencer. » Que je prenais un réel plaisir à chanter devant Patrick chaque fois que je le croisais. Je crus d'abord que mon père souhaitait venir nous enregistrer avec sa caméra, ainsi qu'il le faisait chaque année, le 25 décembre. Étant donné que Jérémy et moi n'avions aucun talent d'acteur (et Patrick de grandes exigences comme réalisateur), cette captation annuelle finissait invariablement mal. L'exercice consistait à répondre DE FAÇON NATURELLE aux questions de mon père au sujet de nos cadeaux de Noël. Notre manque de spontanéité, patent dès la première prise, ne faisait qu'empirer au fil de l'interrogatoire. Et il avait fallu pas moins de vingt-huit essais pour que Jérémy parvienne, au Noël dernier, à satisfaire les exigences paternelles. Il faut dire que Patrick, fort de son expertise en direction d'acteurs, avait placé mon frère à genoux sur la moquette, à trente bons centimètres de son château Playmobil, en lui demandant de jouer avec ses figurines DE FAÇON NATURELLE, tout en répondant (sans regarder la caméra mais en tournant le visage légèrement vers la gauche DE FAÇON NATURELLE) à la question qui n'en était pas une :

— Alors, Jérémy, parle-nous un peu de ton château fort.

N'ayant aucune envie de philosopher ce matin-là sur l'indicible bonheur d'avoir reçu un walkman pour Noël, je pensais supplier Babeth d'intercéder en ma faveur afin d'obtenir une dispense de tournage. Je fus donc soulagée quand Jérémy m'annonça qu'il ne s'agissait pas de ça.

— Il veut qu'on vienne tous dans le salon. Je crois que c'est un peu grave.

En arrivant, je fus surprise de voir mon père et ma mère, assis en tailleur par terre. J'allais demander ce qui se passait, mais Patrick ne m'en laissa pas le temps.

— Asseyez-vous aussi !

Et c'est ainsi qu'on se retrouva tous les quatre, ce 25 décembre-là, assis en cercle au chevet du tas de terre qui venait de se répandre sur la moquette. Il y en avait énormément. Et cela me surprit parce que je n'avais pas le souvenir qu'on ait autant rempli le vase, la dernière fois. J'étais d'ailleurs en train de me demander à quand remontait cette dernière fois, quand Patrick déclencha les hostilités :

— C'est quoi, ça ?

— La terre de Souk-Ahras, répondit-on avec Babeth, du tac au tac.

Pendant que Jérémy faisait semblant de penser à autre chose.

— Est-ce que quelqu'un peut me dire ce que cette terre fait là ? reformula Patrick.

— C'est toi qui l'as renversée ? suggéra Jérémy, impressionné.

Tandis que ma mère se proposait d'aller chercher une pelle pour apaiser l'ambiance.

— Ou peut-être un râteau ? Comme ça, on récupérera les bouts coincés dans la moquette ?

Parce que à ce moment-là, Babeth, mon frère et moi,

on était incapables d'imaginer que cela ne puisse pas être ça le problème.

— Est-ce que quelqu'un peut me dire d'où provient cette terre ? reformula alors Patrick.

Je vis Babeth se mettre à trembler. De mon côté, j'observais fixement la terre sur la moquette. En songeant qu'on s'était peut-être trompés pendant toutes ces années. Et que la terre qu'il y avait sous les platanes de Marseille ne ressemblait pas du tout à celle qu'on pouvait trouver au pied des figuiers d'Algérie.

— Écoute, Patrick, on va la récupérer, insista Babeth. Tu veux que j'essaye avec l'aspirateur ?

— Je vais le faire moi-même, répondit mon père.

Et je songeai, sans me risquer à le dire, que c'était une très mauvaise idée.

— Mais avant de passer l'aspirateur, reprit Patrick, j'aimerais que vous me disiez depuis quand cette terre est dans le vase de Souk-Ahras.

— La fin de l'Algérie française ? suggéra Jérémy.

— Est-ce que ce gosse arrêtera un jour de dire n'importe quoi ? demanda Patrick à Babeth.

Et je sus qu'on était foutus avant même que Patrick ne poursuive, d'une voix étrangement calme :

— Écoutez, je sais parfaitement que cette terre n'est pas celle de Souk-Ahras.

On se regarda, interloqués, Babeth, mon frère et moi.

— Tu veux dire qu'elle n'est pas tombée du vase ? risqua ma mère, pleine d'espoir.

Et sans doute aurais-je dû formuler à cet instant précis la seule question qui nous aurait permis de nous tirer d'affaire : « Comment tu le sais ? » Sauf que je ne le fis pas. Au lieu de cela, j'ai regardé Patrick fixement quand il a répété, d'un ton si bienveillant que c'était forcément un piège :

— Je vous assure que je sais, de source sûre, que cette terre ne vient pas de Souk-Ahras.

C'est là que Jérémy – qu'on n'avait pas pu s'empêcher de regarder du coin de l'œil, Babeth et moi – s'écria :

— C'est pas moi qui l'a dit !

Et je sus, à ce moment-là, qu'on était faits comme des rats. Mais Patrick, bizarrement, ne s'énervait toujours pas. C'est sans doute pour cette raison que Babeth, qui avait toujours eu l'esprit bien moins soupçonneux que mon père, finit par balbutier :

— On ne l'a pas fait exprès. Mais pour pas te faire de peine. Pas les enfants, mais moi…

Et je commençais à trouver très angoissant que Patrick ne s'énerve toujours pas. Parce qu'une fois qu'elle eut tout avoué, Patrick prit la main de ma mère, avec une délicatesse que je ne lui soupçonnais pas. Un ange passa. Puis mon père lâcha la main de Babeth et, réunissant ses doigts sur sa bouche, il les embrassa d'un geste théâtral, comme il le faisait toujours lorsqu'il jurait sur la tête de sa mère :

— Pour l'amour de mamie Fortunée ! Sur la vie d'Isaac ! Je vous jure que ce n'est pas grave.

Juste après, il regarda Babeth droit dans les yeux, d'un air vraiment pas dangereux.

— Il faut juste que tu me dises : c'était quand, Babeth ? Hein ? C'était quand la première fois que vous avez fait ça ?

— Écoute, Patrick, je ne sais plus trop, répondit Babeth.

Mais comme il insistait, elle fit un effort de mémoire.

— Esther venait d'entrer en sixième. Alors c'était il y a trois ans, je crois.

Et soudain, ça devint très grave. Patrick se leva d'un bond. On le vit s'engouffrer dans le couloir qui menait vers les chambres. Et ouvrir d'un geste violent le placard aux portes en accordéon dans lequel étaient rangés ses costumes. Du salon, on l'entendait psalmodier, sur un ton plus haché que celui réservé aux listes :

— Parc Chanot. Ils l'ont tué. Tué une deuxième fois. Babeth et ses complices. Il y a trois ans déjà !

Je n'eus pas le temps de me demander ce que mon père racontait. Puisqu'il avait fait voler dans le couloir une pile de boîtes à chaussures qui semblait entraver sa fouille au sein de la penderie. Une paire de mocassins m'atterrit sur le pied. Et je compris à cet instant que Babeth n'aurait jamais dû lui dire que cela faisait déjà trois ans que le parc Chanot était devenu son Algérie française. Puisque mon père répétait :

— Trois ans déjà ! Ils l'ont tué !

Je le vis extraire de la penderie une boîte à biscuits en métal en scandant, encore plus vite :

— Trois ans déjà ! Et moi je garde ça, comme un con ! Comme un con !

Il criait en nous rejoignant dans le salon. Au dernier :

— Comme un con !

Il rajouta :

— Babeth !

Et jeta sur elle la boîte à biscuits en métal. Qui retomba sur la moquette. Mon père se rua alors vers la boîte et dut s'y reprendre à trois fois pour l'ouvrir tant il tremblait de rage.

J'avoue que mes souvenirs d'après sont plus confus. Je me rappelle avoir vu plein de terre se répandre sur la moquette. Et avoir entendu répéter « parc Chanot » une bonne centaine de fois. Je me rappelle aussi avoir songé que le réel pouvait se montrer diablement créatif. Surtout quand il tombait un 25 décembre, entraînant dans sa chute un vase de Souk-Ahras, qui, comme on le découvrit peu après, avait déjà été renversé par mon père. Deux ans plus tôt. Contrairement à Babeth, Patrick n'avait pas commis l'imprudence de voir la terre par lui déversée sur la moquette finir au fond d'un sac d'aspirateur : c'est grâce à une paille qu'il avait aspiré – avant de la recracher par minuscules mottes dans sa boîte à biscuits – ce qu'il croyait être un peu de sa terre natale. Si on ne sut jamais lequel de nous trois avait remis de la terre dans le vase après que mon père l'eut renversée sur la moquette, une chose était certaine, Patrick gardait :

— Comme un con ! Hein, comme un con, Babeth ! La terre du parc Chanot !

On était tous à bout quand il se mit à répéter en boucle :

— Tué une deuxième fois ! Babeth et ses complices ! Trois ans déjà ! Tué une deuxième fois ! Babeth…

Quand il l'eut répété une bonne dizaine de fois, le réel se montra encore plus créatif. Alors que je ne m'y attendais absolument pas, je vis Babeth attraper le vase de Souk-Ahras. Et le briser sur la tête de Patrick ! Ensuite, tout s'accéléra.

— Moi aussi, tu veux me tuer ! hurla mon père.

Puis il se mit à courir. On courait tous, en fait. Mais on parvint miraculeusement jusqu'à ma chambre. Afin de lui en interdire l'accès, on se mit à pousser, tous les trois, de toutes nos forces, tandis que Patrick criait de l'autre côté de la porte :

— Ouvrez-moi ! Je vais tout casser !

Pour mieux résister, mon frère colla ses pieds contre l'armature de mon lit. Babeth et moi, on l'imita. On se retrouva, tous les trois, avec nos corps presque à l'horizontale : solidaires comme jamais, les pieds calés contre mon lit et les paumes de nos mains, pareillement unies, plaquées contre la porte de ma chambre. Parfois, l'un de nous glissait et le visage de Patrick apparaissait dans l'entrebâillement. Et c'était terrifiant de sentir sous nos pieds la tête de mon lit – qui, manifestement, n'était pas assez lourd – menacer à chaque instant de se décaler vers le fond de ma chambre, tandis que nos trois corps, défiant la gravité, tentaient comme ils le pouvaient de ne pas s'écraser au sol, afin de maintenir la pression de nos mains sur la porte. Dans un éclair de génie, mon petit frère hurla. Hurla si fort que Patrick relâcha une seconde la pression de l'autre côté de la porte. C'est ainsi qu'on parvint à fermer à clé. Tandis que l'autre, derrière, continuait à crier :

— Ils l'ont tué ! Une deuxième fois ! Sur la tête de mamie Fortunée ! Sur la vie d'Isaac ! Je vous jure, je vais tout casser !

Par chance, Patrick tenait rarement ses promesses.

27

Une fois la porte fermée à clé, Babeth, mon frère et moi, on courut dans mon lit. Sous la couette, on formait comme un corps à trois têtes agité de hoquets et, par intermittence, de contagieux tressaillements de ma mère. On resta longtemps comme ça, à attendre que mon père ne tienne pas sa promesse. De temps en temps, l'un de nous se levait pour coller son oreille à la porte. Et déduire des sons qui lui parvenaient que Patrick s'était mis à ranger sa penderie. Puis à récupérer les emballages de cadeaux de Noël disséminés dans la maison, certainement pour les offrir plus tard à mamie Fortunée car elle avait l'étrange manie de les collectionner. Ensuite, mon père passa l'aspirateur. Ça devait faire une bonne heure qu'on était retranchés dans ma chambre, quand Jérémy crut entendre un bruit de clés, suivi d'une porte qui claque. Le silence se fit dans l'appartement. Mais, en vainqueurs prudents, on patienta un petit quart d'heure avant d'acter le K-O par abandon de Patrick. Ensuite, on décampa sans demander notre reste. On ne réunit pas nos affaires pour les jeter en boule dans une valise récupérée tout en haut d'un placard. Babeth ne piqua pas de liquide à mon père et on n'emporta même pas un tube de dentifrice avec trois brosses à dents, négligemment jetées dans son sac à main.

Dans la voiture, Jérémy s'endormit et, sans même attendre que je la questionne, ma mère me raconta. Pour l'ami de mon père. Évidemment, Babeth, qui n'avait pas dix ans quand c'était arrivé et n'avait jamais fait de voyage scolaire en Algérie française, n'avait absolument rien à voir avec son meurtre. Puisque le cœur de Jean-Louis, un ado de quinze ans qui était aussi le meilleur copain de Patrick lorsqu'ils habitaient Souk-Ahras, avait été touché par une balle perdue dans une rue de leur village. En Algérie française, on appelait ça : des événements. Et je trouvais l'expression à peine moins bizarre que celle de balle perdue. Je me mis donc à argumenter :

— Pourquoi on ne dit pas une balle retrouvée ? Puisqu'on sait très bien où elle a fini sa course.

Comme Babeth ne disait rien, je continuai :

— On ne pourrait pas plutôt dire que Jean-Louis est mort sans que personne l'ait fait exprès ?

Il fallut que ma mère se remette à pleurer, au volant de la voiture, tandis qu'on traversait Marseille, déserte en ce jour de Noël, pour que je cesse enfin de faire ce que j'avais toujours fait pour chasser mes angoisses : chipoter sur des mots ou des règles de grammaire, qui n'avaient aucune importance. La balle, perdue ou retrouvée, dans le cœur de Jean-Louis n'était pas le souci. Car Babeth n'en avait jamais eu qu'un dans sa vie : Patrick.

— Tu sais, Esther, ton père..., reprit Babeth après

s'être mouchée à un feu rouge. Il est tombé malade à la mort de Jean-Louis.

— Malade de quoi ? demandai-je sans cacher ma colère.

Car je trouvais le moment extrêmement mal choisi pour nous mettre à plaindre Patrick.

— Malade… c'est compliqué à expliquer. En fait, il a eu très peur de mourir aussi.

Je ne compris pas sur-le-champ en quoi cette « maladie » constituait une information nouvelle. Je venais d'avoir treize ans, j'avais une bonne vingtaine de veillées mortuaires au compteur et l'impression d'avoir toujours connu Patrick sur le point de crever. Mais jamais de le faire. Alors Babeth continua à me parler. Au fur et à mesure qu'elle me racontait me revenaient en mémoire les mots si compliqués du dossier planqué dans l'armoire de mes grands-parents, sur lequel figuraient le nom et le prénom de mon père. Ce soir-là, Babeth se garda d'employer le jargon médical. Elle se borna à suggérer que le père que j'avais n'était pas tout à fait comme les autres, tandis que je songeai : « Est-ce qu'elle se moque de moi ? » Assise sur le siège passager, je guettais le feu rouge qui me permettrait enfin de la prendre entre quatre yeux et de lui dire sans ciller : « Et alors, maman ? Et alors ? » Sauf qu'il n'y eut plus de feu rouge sur notre trajet jusqu'au cinéma de la Madeleine. Au fond, ça m'arrangeait. Car je ne suis pas sûre, après la matinée qu'on venait de passer, que j'aurais eu le cran de lui dire qu'il fallait qu'on en finisse avec Patrick.

Jérémy se réveilla quand ma mère se gara aux abords de l'immense cinéma du quartier de la Madeleine. Comme on mourait de faim, on mangea des pizzas.

Pas une pour deux mais trois pour tous : d'immenses pizzas mozza/jambon, généreusement suivies d'autant de mousses au chocolat. En fin d'après-midi, ma mère prit trois billets pour un film qu'elle rêvait de voir depuis des semaines. J'ignore comment elle parvint à convaincre le préposé à la billetterie de lui vendre trois tickets, le soir de Noël, pour cette séance-là. Et de la laisser entrer, avec mon petit frère et moi, voir *Il était une fois en Amérique*. Babeth supplia Jérémy de s'endormir au plus vite, à peine fûmes-nous entrés dans la salle de ciné. Pour une fois, il obtempéra. Quand elle suggéra qu'il était plus prudent – pour mes chastes treize ans – que je fasse de même, je blottis sagement ma tête sur son épaule. Pendant les trois heures quarante-neuf minutes que dura cette *Amérique*, j'eus donc Babeth toute à moi. Au cours de la séance, je fis parfois semblant de m'assoupir. Et fermai volontairement les yeux pendant la scène de viol. Mais il m'arriva aussi de déserter volontairement l'épaule de Babeth pour jouir – d'un regard légèrement en biais et toujours discret – de la contemplation de son visage à elle. Je la voyais sourire, avoir peur, souffrir, fermer les yeux quand ça devenait insoutenable, retenir son souffle et s'effondrer en larmes pour un truc qui n'avait rien à voir avec mon père. Je me rappelle avoir pensé : ce qu'elle est belle, ma mère ! Avec son visage de madone, ses yeux vert noisette et toute la vie – une vie sans crainte de bris de vase ni peur des représailles – qui pouvait remuer dedans.

À la fin du film, on rentra tous les trois à la maison.

28

Quand je me réveillai le lendemain matin, c'était devenu officiel : mon père était fou. C'est ce que j'en déduisis lorsque Babeth m'expliqua qu'elle l'avait déposé, au petit matin et à sa demande, dans une clinique psychiatrique. Et je n'en crus pas mes oreilles quand j'appris qu'il existait une expression pour résumer ce qui s'était passé la veille dans notre salon. Puisque Babeth, dont j'ignorais jusqu'à ce jour la parfaite maîtrise du jargon psychiatrique, assurait qu'il s'agissait d'une crise maniaque. Si ma mère le savait si bien, c'est parce que la première des crises de Patrick remontait à 1961. Car, alors qu'elle avait été bien plus évasive la veille, Babeth ressentit ce matin-là le besoin de mettre les points sur les *i* et un mot très précis sur la maladie de mon père, diagnostiquée dès l'âge de seize ans par des médecins en Algérie : « bipolaire ». Je regardai Babeth, abasourdie.

— Tout le monde le sait, alors ?

Quand Babeth m'avoua que oui, j'en conclus que tout le monde m'avait menti. Je regardai ma mère, furieuse. Si mon père était fou, pourquoi personne ne me l'avait-il dit ? Et pourquoi n'avais-je jamais entendu quiconque utiliser cet adjectif pour le décrire ? J'enrageais d'autant plus que cette éventualité ne m'avait jamais traversé l'esprit. Les fous n'avaient-ils pas tous la bave aux lèvres ? Pas de travail et encore moins celui de sous-directeur d'agence bancaire ? Quand Babeth m'expliqua que mon père avait été interné à trois reprises avant de la rencontrer et, pire encore, qu'elle l'avait épousé en parfaite connaissance de cause, contre l'avis de mamie Suzie, c'est elle que je traitai de folle. J'étais en train de me demander ce que j'allais bien pouvoir écrire dans la colonne « profession du père » sur la fiche qu'on me demanderait de remplir à la prochaine rentrée scolaire, quand un doute me traversa l'esprit :

— On est sûr qu'il est fou ? demandai-je à Babeth, qui fondit aussitôt en larmes.

Croyant lui remonter le moral, je suggérai que la folie de mon père n'était sans doute qu'une excuse. Ses sanglots redoublèrent et je ne sus donc pas ce qui, aux yeux de ma mère, semblait constituer la pire des options : que Patrick soit fou, ou assez malin pour ne l'être que lorsque ça l'arrangeait bien. Babeth sécha ses larmes et partit réveiller Jérémy. Et tandis qu'elle le familiarisait, en employant des mots de son âge, avec le nouveau statut de notre père, je m'attelai dans ma chambre à ma propre analyse. Si mon père était fou, pourquoi ne l'était-il pas en permanence ? Car il ne me semblait pas qu'on puisse l'être par intermittence. Pouvait-on être fou, et autre chose aussi ? me dis-je en songeant que Patrick m'avait toujours paru moins fou que tyrannique. Et comme je doutais fort que cette dernière caractéristique puisse être un effet secondaire d'une quelconque maladie, j'en déduisis que mon père s'était encore payé notre tête. Quand je sortis de ma chambre, je m'étais fait mon avis : mon père n'était pas fou. Et il n'allait certainement pas rester très longtemps dans sa clinique psychiatrique. Étonnamment, Babeth paraissait penser le contraire. Et au cours des deux semaines qui suivirent, son comportement changea de façon si radicale qu'il était impossible d'ignorer ce qui était (enfin) en train de se produire : on allait divorcer !

On allait divorcer, parce que ma mère refusait de prendre Fortunée au téléphone, qui s'obstinait à appeler tous les jours à 17 h 30, certainement pour prétendre que tout allait rentrer dans l'ordre.

On allait divorcer, parce que Babeth s'enfermait désormais dans ma chambre, pendant des heures, pour raconter sa (vraie) vie à mamie Suzie. Si je n'entendais pas tout ce qu'elles se disaient au téléphone, l'influence de ma grand-mère maternelle sur ma mère était chaque jour plus perceptible. Car Babeth nous réunissait de plus en plus souvent avec Jérémy dans le salon pour nous parler de choses étranges. Elle trouvait que je lui manquais de respect. Disait : frais de scolarité. Tour de vis. Et serrer la ceinture. Puis s'excusait soudain de nous avoir soumis à une éducation laxiste. Et même si j'enrageais de l'entendre parler comme mamie Suzie, je savais que c'était un mal pour un bien. Parce qu'il était exclu que cette grand-mère-là se mette un jour à faire l'apologie de Patrick.

On allait divorcer, parce que Babeth menaça de me changer de collège, après avoir appris, de la bouche de la mère de Manuela Abkarian, que j'étais allée danser en cachette au *Rose Bonbon*, une discothèque ayant la particularité d'ouvrir ses portes aux mineurs le mercredi après-midi, dans laquelle j'avais été fêter le divorce de mes parents par anticipation, sans imaginer que Manuela en sortirait avec un énorme suçon, qui ne manquerait pas d'éveiller les soupçons de sa mère, qui en connaissait un rayon sur la question.

On allait divorcer, parce que ma mère avait effectivement noté un rendez-vous, en date du 15 janvier, avec le directeur du collège Dromel, situé dans le quartier de Sainte-Marguerite. Je le savais parce que, à défaut de me parler de ses préparatifs de divorce, Babeth consignait dans son agenda l'ensemble des preuves attestant l'imminence de notre changement de vie. Et même si je ne savais pas comment aborder le sujet sans lui avouer que j'avais fouillé dans ses affaires, je comptais bien lui dire que je n'avais pas envie de déménager du côté de Sainte-Marguerite, où Babeth avait réussi l'exploit de visiter pas moins de cinq appartements entre Noël et le jour de l'an.

Quand ma mère nous laissa seuls à la maison, le dimanche 6 janvier au soir, pour se rendre au chevet de mon père dans sa clinique psychiatrique, je savais donc pertinemment que c'était pour lui signifier notre intention, ferme et définitive, de continuer notre vie sans lui. Et même si Fortunée, qui sentait le vent tourner, avait fini par m'expliquer au téléphone que cela ne se faisait pas d'abandonner le père, surtout très malade, de ses enfants, c'était le cadet de mes soucis.

Car j'étais fière de ma mère. Et, même si j'étais trop en colère pour le lui dire, ravie de commencer enfin, avec elle et Jérémy, ce que j'avais espéré depuis l'enfance : une nouvelle vie.

29

Le commissaire qui fut chargé de l'enquête sur les faits survenus au domicile des Dahan deux semaines après Noël n'avait certainement pas fait 68. Il avait pourtant le même âge que ma mère : trente-quatre ans et demi. Je l'appris car il me montra sa carte d'identité ainsi que sa carte de police lorsqu'il vint recueillir mon témoignage. C'était, j'en suis certaine, deux jours après le drame. Puisqu'on était déjà installés chez ma tante Josiane. Je me souviens que le commissaire s'appelait M. Michel. Et qu'il faisait bien plus vieux que Babeth. Il n'avait plus de cheveux. Portait un pantalon à pinces. Et un vieil imper gris. Je songeai, en le voyant, qu'il paraissait sorti d'un film. Mais peut-être n'était-ce pas que sa faute à lui ? Puisque tout ce que je vivais, depuis quarante-huit heures, me semblait sortir d'un film.

Si M. Michel avait fait 68, il m'aurait certainement demandé – comme il fit ce matin-là – si nous pouvions parler tous les deux, seul à seule. Peut-être aurait-il emprunté le même ton que celui qu'il adopta avec moi, après avoir fermé délicatement la porte de la chambre de mon cousin, dans laquelle j'avais élu domicile depuis deux jours : un ton à me faire croire que la confiance, entre nous, serait de mise. Mais je suis prête à parier que, si le commissaire avait fait 68, il n'aurait pas osé me demander si j'avais remarqué quelque chose de particulier au matin du lundi 7 janvier 1985. Jamais précisé non plus que le moindre détail, si insignifiant puisse-t-il paraître à mes yeux, pourrait l'aider dans son enquête. Et surtout jamais attendu que je nie ou plutôt que j'omette de lui parler de ce détail, pour m'avouer qu'il en connaissait déjà tous les contours.

Parce qu'il faut bien que quelqu'un assure ma défense, je tiens à préciser que j'avais sincèrement oublié le ticket de bus de la Régie des transports marseillais que le commissaire me planta dans le dos, après que je lui eus assuré à trois reprises ne rien me rappeler de particulier. Je dois également avouer m'être demandé qui avait bien pu lui parler de cette histoire de ticket. Avant de comprendre que c'était forcément mon frère. Et de réprimer l'envie de le balancer à mon tour. Le commissaire Michel savait-il que Jérémy avait avalé quatorze poissons panés, quelques heures après le drame ?

J'avoue m'être également demandé comment j'avais pu oublier si vite cette histoire de ticket. Parce qu'il m'avait fallu moins de deux jours pour que ce détail, si signifiant puisse-t-il paraître aux yeux de M. Michel, soit effacé de ma mémoire. Cet oubli, trop providentiel pour être honnête, résonnait-il comme une preuve évidente de ma culpabilité ? Ou signifiait-il tout le contraire ? À savoir qu'au regard de ce qui m'était arrivé dans les dernières quarante-huit heures, l'épisode lié à ce ticket de bus m'était devenu si dérisoire que ma mémoire avait bien mieux à faire que de s'en encombrer.

Je tiens aujourd'hui à déclarer que je me suis effectivement disputée avec Babeth, au matin du lundi 7 janvier 1985, au sujet d'un ticket de bus. Il me semble me rappeler que nous le voulions toutes les deux. Moi, pour me rendre au collège, auquel je pouvais parfaitement arriver à pied en moins de quinze minutes. Et elle, pour je ne sais quel motif. Sans doute est-ce d'ailleurs l'imprécision liée à l'usage qu'elle aurait pu avoir de ce ticket de bus, alors qu'elle avait une voiture – mais peut-être était-elle en panne ? –, qui me poussa à user des arguments les plus vils afin d'obtenir la propriété de ce titre de transport.

Car, à en croire mon frère, et donc M. Michel, j'avais ce matin-là été jusqu'à menacer Babeth :

— Si c'est toi qui le gardes et que tu ne l'utilises pas, je te tue.

Avant qu'elle ne se décide enfin à me donner ce ticket de bus.

Si cet échange s'est effectivement produit moins de huit heures avant son suicide, je refuse de penser que ce ticket de bus puisse servir de lisière à la vie de Babeth. Et encore moins à la mienne, qui fut définitivement scindée en deux au moment où, à peine rentrée du collège, je la retrouvai morte, les veines tranchées, dans notre baignoire.

Je crois plutôt qu'à la manière de cette pierre, que je n'eus pas le courage de balancer de la terrasse du trente et unième étage de notre immeuble quelques semaines avant mon baptême, de peur qu'un coup de mistral ne dévie sa trajectoire et ne la fasse atterrir sur la tête de ma mère au lieu de briser en deux le crâne de mon père, la mort souvent se trompe de cible.

PAPIER À BASE DE FIBRES CERTIFIÉES

Le Livre de Poche s'engage pour l'environnement en réduisant l'empreinte carbone de ses livres. Celle de cet exemplaire est de :
200 g éq. CO_2
Rendez-vous sur www.livredepoche-durable.fr

Composition réalisée par MAURY-IMPRIMEUR

Achevé d'imprimer en mars 2021 en France par
MAURY IMPRIMEUR – 45330 Malesherbes
N° d'impression : 253338
Dépôt légal 1re publication : mai 2021
LIBRAIRIE GÉNÉRALE FRANÇAISE
21, rue du Montparnasse – 75298 Paris Cedex 06

14/4275/2